Himmelstürmer Verlag

Simon Rhys Beck

„Geboren im Oktober 1975, wohne ich im Grenzgebiet zwischen NRW und Niedersachsen und bin auch sonst ein Grenzgänger. Idealist, Gutmensch, Träumer aber auch Zyniker, Realist und Musikfanatiker ... mit einem guten Schuss Rotwein. Nach meinen Uniabschluss arbeite ich im sozialpädagogischen Bereich. Mein Privatleben ist mir heilig, ich scheue die Öffentlichkeit. Ich musste schon oft die Erfahrung machen, dass man Menschen nur vor die Stirn sehen kann.
Meinen ersten Roman ‚Ewiges Blut' habe ich 1999 veröffentlicht; es folgten vier weitere Romane im düster-phantastischen Bereich und Kurzgeschichten in Magazinen und Anthologien.
‚I want the style of a woman and the kiss of a man' ... (suede)
Mehr von mir, nicht über mich, unter www.deadsoft.de"

Bisherige Veröffentlichungen: 2heaven im Himmelstürmer Verlag, 5 Romane im düster-phantastischen Bereich, Kurzgeschichten in verschiedenen Anthologien und Magazinen.

Himmelstürmer Verlag, Kirchenweg 12, 20099 Hamburg
www.himmelstuermer-verlag.de
E-mail: info@himmelstuermer-verlag.de
Originalausgabe, September 2003

Coverbild: Nicki Oebel, Philomina Photos
http://www.geocities.com/philomina_photos
Modell: André Scherer
Umschlaggestaltung: hplusp, Hamburg
Kapitelüberschriften aus Songtexten der Band suede
ISBN 3-934825-31-1

Simon Rhys Beck

Jungs sind auch Mädchen

Himmelstürmer Verlag

Für Ingo

… mit gemischten Gefühlen

und

Micha

… weil Vertrauen so wichtig ist.

Inhalt:

I

modern boys

„Robin, 15, schwul." Erwartungsvoll sah ich meinen älteren Bruder an.
Der zog die Augenbrauen nach oben. „Bestechend kurz", sagte er und begann zu lachen. „Aber total bescheuert!"
Ich sank in mich zusammen. Nur noch vier Tage bis zu unserer Klassenfahrt, und ich hatte es noch immer nicht geschafft, den NEUEN anzusprechen. Mein Gott, allein bei dem Gedanken an Yan bekam ich weiche Knie! Als er die Klasse betreten hatte, leicht angeschoben von Frau Hellmann – unserer Klassenlehrerin – war mir fast das Herz stehen geblieben!
„Robbie – du bist doch sonst nicht auf den Mund gefallen", holte mich Maltes Stimme in die Realität zurück. „Wieso willst du dich dem Typen überhaupt vorstellen? Der weiß doch sicher schon, wie du heißt ..."
Ich nickte schwach. „Aber es gibt doch immer so Vorstellungsrunden und Kennenlernspiele bei solchen Fahrten ..."
Malte winkte ab. „Du musst ihn einfach anbaggern. Los, wir üben das jetzt mal."
Ich verdrehte die Augen. Mein Bruder wusste seit über einem Jahr, dass ich nicht auf Mädchen stand.
Ich hatte ihn immer beobachtet, wenn er mit bloßem Oberkörper vor dem Spiegel stand, wenn er aus der Dusche kam. Malte war zwei Jahre älter als ich und sah verdammt gut aus. Anders als ich war er breitschultrig und muskulös. Und es war natürlich nicht so, dass ich auf ihn stand – nur, er sah so schrecklich gut aus. Na ja, lange Rede, kurzer Sinn ... er hatte es natürlich bemerkt. Und irgendwann hatte er mich dann peinlicherweise beim Wichsen überrascht. Und ich hatte nicht den Playboy vor mir liegen – sondern ein Bild von einem supersexy Typen mit einem beachtlichen Ständer.
Ich erinnere mich noch sehr genau an Maltes Gesicht, als er mich da auf meinem Bett knien sah. Er hatte die Augenbrauen hochgezogen, den Mund wie so oft spöttisch verzogen. Und er

hatte mich wohl schon eine Zeitlang beobachtet, bis ich ihn endlich bemerkte. In diesem Augenblick – und der schien echt eine Ewigkeit zu dauern – dachte ich, vor Scham im Boden versinken zu müssen. So etwas Ultrapeinliches war mir noch nie passiert!
Und Malte lehnte einfach im Türrahmen und wartete darauf, dass ich irgendwas sagte. Aber ich saß dort mit hochrotem Kopf und konnte mich überhaupt nicht bewegen. Tausend Gedanken schossen durch mein Hirn, es gelang mir, mich wenigstens soweit zu rühren, dass ich meine Hose zuknöpfen konnte. Und schließlich sagte ich: „Bitte sag es nicht Ma und Dad."
Malte hatte leise gelacht. „Du stehst auf Jungs, was?"
Ich versuchte, das Bild hinter meinem Rücken verschwinden zu lassen. Doch Malte war schon an mir vorbei ins Zimmer geschossen und hatte das Bild an sich gerissen.
„Hm, ganz schönes Teil", bemerkte er grinsend.
Ich befürchtete noch immer sterben zu müssen, aus lauter Peinlichkeit. Wahrscheinlich rannte er damit jetzt gleich zu unseren Eltern. *Der Robbie ist schwul. Schaut mal, was er für Bilder in seinem Zimmer hat. – Robbie? Nein, niemals! – Doch, sicher! Er gafft mich auch immer so an, wenn ich aus der Dusche komme. Voll pervers.*
Ich schloss die Augen und befürchtete das Schlimmste. Doch Malte legte meine „Wichsvorlage" einfach wieder auf mein Bett und strich mir mit der Hand über den Kopf.
„Mach nicht so ein Gesicht, Robbie! Ich wusste das doch schon länger."
Ich sah ihn überrascht an. „Was?"
„Meinst du, ich bin blind? Dir sind ja fast immer die Augen aus dem Kopf gefallen, wenn du mich mal nackt gesehen hast."
Wieder wurde ich knallrot. Seinen eigenen Bruder *anzuspannen*, war ja wohl das Peinlichste überhaupt. Aber Malte war gar nicht sauer.
„Wann willst du es Ma und Dad sagen?" Er setzte sich zu mir aufs Bett.
Ich zuckte mit den Schultern. Unsere Eltern waren okay – ein echter Glücksgriff. Aber – wie würden sie auf so etwas reagieren? Die meisten Eltern waren wohl nicht besonders

begeistert, wenn ihre Söhne oder Töchter ihnen eröffneten, dass sie *vom anderen Ufer* waren. Ich hatte mir schon oft vorgestellt, was meine Eltern sagen würden, wenn ich irgendwann – vielleicht so nebenbei beim Mittagessen – zwischen Rotkohl und Klößen oder doch besser beim Nasi Goreng? – einfließen lassen würde „Ach, übrigens, ich bin schwul."
Vielleicht würden sie mich rausschmeißen? Aber zumindest anschreien ... oder mein Vater würde mir eine kleben (hat er noch nie getan!) ...
„Hey, du hast doch keine Angst, oder?"
Ich starrte auf meine nackten Füße. „Doch", sagte ich kläglich.
Er klopfte mir aufmunternd auf die Schulter. „Das schaffst du schon, Brüderchen." Und damit schien das Thema für ihn erledigt.
„Sag mal, interessierst du dich *gar nicht* für Mädchen?"
Ich schüttelte den Kopf. Ich hatte zwar zwei sehr gute Freundinnen – aber noch nie darüber nachgedacht, mal mit einem Mädchen herumzuknutschen.
„Also auch nicht für Nicky?", hakte er nach.
Nicky war eine meiner beiden Freundinnen. „Nein." Und dann dämmerte mir, warum er fragte. „Und ich mach Euch auch nicht bekannt!"
Malte lachte und stand auf. „Kannst ja noch mal darüber nachdenken ..."
Ich schüttelte heftig den Kopf, wusste aber jetzt schon, dass Nicky von den Socken sein würde. Malte war der absolute Mädchenschwarm auf unserer Schule. Dass er auf sie stand, würde sie echt umhauen!
„Malte?"
Er drehte sich in der Tür noch einmal um.
„Danke."
Erstaunt zog er die Augenbrauen nach oben. Dann grinste er. „Wofür?"

II

there's something in the air that you breath

„Robbie? Sag mal, wo bist du mit deinen Gedanken?“ Malte knuffte mich in die Seite.
„Autsch!“
Er sah mich erwartungsvoll an. „Wie würdest du ihn angraben? – Stell' dir vor, ich sei Yan ...“
Ich musterte ihn abschätzend. „Schwer vorstellbar.“
Yan war ein dünner, schlaksiger, dunkelhaariger Typ. Wohingegen ich Malte eher als blondes, immer grinsendes Honigkuchenpferd, Marke Surfer, beschreiben würde.
„Weiß eh nicht, was du an ihm findest ...“
Ich schenkte meinem Bruder einen düsteren Blick, setzte mich dann aber zu ihm und sagte mit gekünsteltem Augenaufschlag und schnurrender Stimme: „Na Süßer, du bist mir ja sofort aufgefallen ...“
Malte starrte mich an, dann brach er in ein wieherndes Gelächter aus.
„Du bist vielleicht ne Schwuchtel!“
Ich lachte ebenfalls. *So* konnte ich Yan jedenfalls nicht anquatschen. Es sei denn, ich wollte eine Witznummer daraus machen.
Als Malte sich wieder ein wenig beruhigt hatte, sah er mich an. „Jetzt ernsthaft, du musst den Typen doch irgendwie ansprechen. Weiß er denn, dass du schwul bist?“
Ich schüttelte den Kopf. So ein ganz „großes“ Coming-out hatte ich noch gar nicht gehabt. War ich auch gar nicht scharf drauf! Nur Janine und Nicky wussten es ... und es war mir schwer genug gefallen, ihnen davon zu erzählen. Aber Janine hatte sich in mich verliebt und da musste ich es ihr ja sagen. Und sie hatte es nach dem ersten Schock erstaunlich gut weggesteckt.
„Mann, schätze, eure Klassenfahrt wird dann so eine richtig verklemmte Sache ... zumindest für dich.“
„Ja, mach mir ruhig Mut“, knurrte ich.
Malte sah auf seine Armbanduhr. „Du, ich muss los. Sollte noch vorher mit dem Hund rausgehen ...“ Er stand auf. „Warum fragst

du ihn eigentlich nicht, ob er mal Bock hat, mit dir ins Kino zu gehen oder so?"
„Das sieht ja voll nach einem Date aus!"
Malte zuckte mit den Schultern und zog sich sein Sweatshirt an, das er ordentlich über die Stuhllehne gehängt hatte. „Ist es doch auch ..."
Wenn man mitten in der Pubertät steckt, ist das Leben ein einziges Chaos. Alles geht drunter und drüber, die Hormone gehen mit einem durch und ständig passieren peinliche Sachen.
Wenn man in dieser Zeit bemerkt, dass man nicht so ist wie andere, anders eben, oder *andersherum*, ist es noch viel verrückter. Ich hatte das eine oder andere Mal wirklich an meinem Verstand gezweifelt. Obwohl es doch alles so klar war. Und es war ja auch okay so ... na ja, bis auf den Sportunterricht – vor allem das Schwimmen – der trieb mich regelmäßig an den Rand des Wahnsinns. Mit den Typen aus meiner Klasse zu duschen, bedeutete ein Höchstmaß an Selbstbeherrschung für mich – wobei glücklicherweise nicht allzu viele gutaussehende Jungs dabei waren. Allerdings hatte ich dafür keine Probleme mit Mädels. Wenigstens ein Vorteil ... Ich bekam keine *Bombe*, wenn mich ein Mädchen ansprach. Damit konnte ich locker umgehen. Aber meine Knie zitterten, wenn Yan sich mir – versehentlich – auf fünf Meter genähert hatte. Mein Gott ... Yan ... dieser Typ ...
Frau Hellmann hatte ihn an diesem Tag X in den Klassenraum geschoben. Und er hatte uns alle eher feindselig gemustert. Abschätzend irgendwie – und nicht besonders zurückhaltend.
„Hey, ihr Volk!" – das sagte die Hellmann immer – „Hört mal einen Moment zu!" – Oh, ich war schon ganz Ohr – „Das ist Yan Karmann. Seine Eltern sind gerade erst aus Frankfurt hergezogen."
Sie sah Yan aufmunternd an. „Willst du dich vielleicht noch vorstellen? Oder noch irgendwas sagen?"
Er lächelte spröde. „Hi."
Einige lachten.
In meinem Kopf entstand ein unentwirrbares Gedankenknäuel. Ich musste ihn kennen lernen. MUSSTE. Aber Frau Hellmann hatte sich schon jemanden ausgeguckt, der sich um Yan

kümmern sollte – und das war nicht ich. Nein, das war Benjamin Haan, unser Sport-As.
Benjamin und mich verband ... nichts. Aber so was von nichts. Ich verfluchte mich. Warum war ich nicht einer von Bennys Gefolgsleuten? Dann hätte ich Yan jetzt „ganz nebenbei" kennen lernen können.
Aber nein ... Robbie (also ich) war der Typ mit den Schlaghosen und dem „eigenartigen" Musikgeschmack. Die Band, die ich hörte – SUEDE –, konnten die meisten Leute in meiner Klasse nicht einmal richtig aussprechen! Und solche Typen (wie ich) waren nicht in Bennys Gruppe. Ich wurde zwar nicht als letzter in die Basketballmannschaft gewählt – aber meist als Vorletzter. Und – ich glaube, Benny verachtete mich. Aber was wusste Frau Hellmann schon davon?!
Ich überlegte also fieberhaft – während ich hinter Yan saß und einen atemberaubenden Ausblick auf seinen schlanken Hals, seine kurzen dunklen Haare und seinen schmalen Rücken hatte – wie ich an ihn herankommen konnte.
Er war unerreichbar. Er war göttlich. Er war ...
„Hey du, hast du mal ein Blatt Papier für mich?"
Ich starrte ihn an, als wäre er gerade aus einem UFO gestiegen.
„Häh? Was?"
Er hatte faszinierend braune Augen, so dunkelbraune, große Augen und lange, schwarze Wimpern ...
„Papier, Mann! Hast du einen Zettel für mich?"
Ich griff mit zitternden Händen nach meinem Collegeblock und riss einen Zettel für ihn ab.
„Hier, bitte."
Er nahm das Blatt und schenkte mir einen befremdeten Blick. *Shit*, er hielt mich für einen Idioten.
Das war sozusagen unser erster Kontakt – und seit diesem Augenblick ging ich ihm aus dem Weg. Das heißt, ich schmachtete ihn aus der Entfernung an. Und das war eine schrecklich harte Zeit.

III

when the rain falls ...

„Sag mal, Robbie – was ist los mit dir?“ Janine hatte mich am Eingang der Schule abgepasst.
„Nichts, wieso?“
Sie sah mich mit gerunzelter Stirn an. „Du bist seit einiger Zeit etwas ... ähm ... abwesend. Außerdem siehst du aus wie ein Gespenst! Hast du was?“
Ich kratzte mir ein wenig verlegen am Kopf. „Ja, nein ...“
„Also, was nun?“
„Ich ... also, ich glaube, es ... liegt an dieser Klassenfahrt am Wochen ende ...“
„Du meinst dieses Projektwochenende?“ Janine sah verblüfft aus, dann begann sie zu kichern. „Sag mal, sonst bist du doch auch nicht so ... verklemmt!“
Der Gong rettete mich vor weiteren Fragen und Vermutungen. Also an dem Thema unseres Projektwochenendes – das war nämlich Sexualität – lag es wohl nicht, dass ich so nervös war. Ich hatte mir über dieses Thema sicher schon mehr Gedanken gemacht, als die anderen Leute aus meiner Klasse. Ich hatte nächtelang wach gelegen und gegrübelt, ob ich vielleicht nicht normal war. Oder ob das vielleicht jeder Junge in meinem Alter durchmachte. Bis ich mich endlich mit dem Unvermeidbaren abgefunden hatte. Ich war nun mal homosexuell. Da gab es nichts zu beschönigen ... Wobei es genau betrachtet, *sehr schön* war! Wenn auch manchmal ein wenig kompliziert ...
Lustlos schlich ich Richtung Klassenraum. In der ersten Stunde hatten wir Englisch, und wir schrieben einen Test. Englisch war normalerweise *mein* Fach – doch an diesem Tag bekam ich nichts auf die Reihe. Ich konnte mich überhaupt nicht konzentrieren, denn ich musste ständig zu Yan rüberschauen. Der trug heute nämlich eine braune Wildlederhose mit Schlag und ein enges braunes Oberteil; sein bloßer Anblick machte mich verrückt! Hilfe!
Und als ich den Testzettel abgab und Herr Wright einen kurzen Blick darauf warf, sah er mich mit gerunzelter Stirn an. „Alles

okay mit dir, Robin?“
Ich nickte und wusste, dass ich den Test völlig versiebt hatte. So ein Mist!
In der ersten Pause war ich so durcheinander, dass ich auf dem Weg in die Raucherecke mit Herrn Wiltow, unserem Direx, zusammenstieß. Natürlich hatte ich die Kippe schon im Mundwinkel. *Shit*, was passierte wohl heute noch alles?
„Robin!“
Ich murmelte eine Entschuldigung, doch als ich mich an ihm vorbeidrücken wollte, hielt er mich fest.
„Hier geblieben. Ich glaube, dass du in der Raucherecke nichts verloren hast, und deine Zigaretten kannst du auch gleich abgeben.“ Er sah mich streng an.
Scheiße.
„Aber ich wollte nur kurz zu meinen Bruder ...“, wandte ich ein.
„Klar, du wolltest deinem Bruder nur die Zigaretten vorbeibringen, was? Märchenstunde ist nicht mein Fach, Robin.“ Wiltow ließ sich von mir die ganze Schachtel Luckies aushändigen.
„Und überhaupt – wenn ihr raucht in eurem Alter, dann solltet ihr das nicht schon morgens tun. Von einem Anruf bei deinen Eltern werde ich heute mal absehen! Die kennen das Problem ja schon.“
Wie gnädig.
„Danke.“ Ich trollte mich in die andere Richtung davon. An der Ecke wartete Nicky auf mich.
„Sag mal, bist du dem Wiltow in die Arme gelaufen?“
„Ja. – Und meine Kippen hat er auch gleich einkassiert!“
„Du solltest eh nicht rauchen, Robbie. Bist doch sowieso schon so dürr“, bemerkte Nicky herzlos. Sie konnte wirklich *sehr* mitfühlend sein. „Aber du musst ja deinem großen Vorbild nacheifern ...“
„Hm?“
„Na, diesem Brett Anderson – dem Sänger von suede!“
Ich runzelte die Stirn. Brett Anderson? Nacheifern? Was wollte sie denn jetzt?
„So’n Quatsch.“
Ich schob die Hände in die Taschen meines Kapuzenshirts. „Ich

muss mal mit dir reden ...“
„Jederzeit, Robbie – was gibt’s denn?“ Sie sah mich neugierig an. „Wenn du so ein Gesicht machst, wird es eine Herzensangelegenheit sein, was?“
Ich nickte irritiert. Konnte man mir das schon ansehen? Na bestens!
„Können wir uns heute Nachmittag im ALEX treffen?“
„Klar. Aber sag mir doch wenigstens, um wen es geht!“
Ich spürte, wie mein Herz einen Sprung machte. „Nee, sag ich dir dann ...“
Nicky musterte mich intensiv. „Mann, du machst ja ein richtiges Geheimnis daraus.“
„Mmh ...“
Mit einem ironischen Lächeln im Gesicht klopfte sie mir auf die Schulter. „Ich muss unbedingt noch zu Malte. Wir treffen uns dann aber auf jeden Fall heute Nachmittag, ja?“
„Ja.“ Ich sah ihr nach, wie sie vorsichtig um die Ecke schaute und dann Richtung Raucherecke davon rauschte.

Der Rest des Schultages verlief ähnlich chaotisch. Ich wurde mehrmals von Lehrern angesprochen und hatte gar keine Ahnung, um was es ging. Kein Wunder, ich beobachtete ja auch die ganze Zeit Yan! Natürlich ganz unauffällig.
Benjamin und sein Kumpel Arne begannen, sich über mich lustig zu machen, was mir schrecklich unangenehm war. Sie tendierten eh dazu, mich zu quälen, was unter anderem wohl daran lag, dass ich mir die Haare färbte und klamottenmäßig einen völlig anderen Stil hatte (wenn man bei den beiden überhaupt von Stil sprechen konnte).
„Hey, von Heydt, wo bist du mit deinen Gedanken?“ – „Hast du ’nen Samenstau, oder was?“ – „Hat wahrscheinlich zu viel gewichst und jetzt tut ihm der Dödel weh!“
Klar, sie hatten die Lacher auf ihrer Seite. Und ich betete, dass dieser Tag schnell vorbei war. Zu meinem Glück fuhr keiner von Bennys Clique in meinem Bus mit.
Allerdings regnete es Bindfäden. Und der recht kurze Weg von der Bushaltestelle bis zu unserem Haus reichte, dass ich total

nass wurde. Und so kam ich zu Hause an: tropfnass und deprimiert – um ehrlich zu sein, ich hätte heulen können. Nicht einmal die Tatsache, dass unser Hund Ziggy mich fröhlich begrüßte, konnte mich aufheitern. Ich tätschelte ihm abwesend den riesigen schwarzen Kopf

Und ich war froh, dass meine Eltern nicht da waren – nur Malte. Und der sah natürlich sofort, wie mies meine Stimmung war. Nur ... sein forschender Blick brachte mich echt auf die Palme!

„Hey, Robbie, was ist los?"

„Lass mich bloß in Ruhe", fauchte ich ihn an. Meinen Rucksack warf ich in die Ecke, und dann wollte ich nach oben, um mir trockene Klamotten anzuziehen.

Malte folgte mir natürlich. So was konnte er nicht einfach auf sich beruhen lassen.

Ich riss ein Handtuch aus meinem Schrank, was zur Folge hatte, dass der restliche Stapel auch herauskippte.

Malte schüttelte den Kopf. „Bist du nicht ganz dicht?"

Ich sagte nichts, zog mir den Pullover und die Hose aus und trocknete mich ab.

„Jetzt sag schon, was passiert ist", drängte mein Bruder mich.

„Ich bin nass geworden!", schrie ich ihn an.

Er tippte sich mit dem Finger an die Stirn. „Hat wohl dein Hirn rausgespült, der Regen, was?"

Mir tat es schon leid, dass ich ihn so angebrüllt hatte, denn er konnte ja nun wirklich nichts für meine miese Laune. Aber im Moment konnte ich auch nicht über meinen Schatten springen. Doch Malte ließ eh nicht locker.

„Bist wohl immer noch nicht weiter in Sachen Yan, häh?"

Ich ließ mich auf mein Bett fallen. „Nein, bin ich nicht."

„Und das macht dich so fertig?"

Ich vergrub mich unter meiner Decke. „Lass mich in Ruhe, Malte, ja?"

Das akzeptierte er endlich. Ich hörte, wie sich meine Zimmertür schloss. Mann, ich war echt fertig ... Das war alles so ätzend! Ich konnte mich auf nichts konzentrieren; meine Gedanken waren immer bei Yan – egal, was ich tat. Ich fühlte mich schrecklich; nur wenn er in meiner Nähe war, ging ich wie auf Wolken. Aber dann schaffte ich es auch nicht, ihn anzusprechen. Was hätte ich

auch sagen sollen?
Das war alles zum Heulen! Aber das hätte ja auch nichts geändert. Warum war das Leben nur so grausam? Warum konnte nicht alles einfach sein? Und – warum zum Teufel verliebte ich mich in einen Jungen?
Ich stand auf, um eine CD in den CD-Player zu legen. Strangelove – *time for the rest of your life*. Dann legte ich mich wieder hin, schloss die Augen für einen Moment und versuchte, an gar nichts zu denken. Das war sicher besser. Und irgendwie schlief ich darüber wohl ein.

IV

anything is possible

Als ich wieder aufwachte, saß Yan an meinem Bett. Ich war so erschrocken, dass mir zunächst die Worte fehlten.
„Hey Robbie."
Ich schluckte.
„Hallo", krächzte ich. Das war ja der Wahnsinn! Yan war zu mir gekommen! Und er sah so süß aus – ich zerschmolz fast vor Sehnsucht bei seinem Anblick. Er trug die gleichen Klamotten wie in der Schule. So perfekt.
„Warum bist du hier?"
„Ich wollte dich besuchen", sagte er sanft. „Die Typen in unserer Klasse waren heute so ätzend zu dir."
Ich nickte benommen. „Stimmt." *Und du bist der Grund,* dachte ich.
„Und wie geht's dir jetzt?"
Mein Gott, wie sollte es mir schon gehen? Es war der absolute, reine, unverfälschte Wahnsinn, dass er jetzt hier neben mir saß.
„G ... gut", stotterte ich aufgeregt. „Besser. Viel besser!"
Er streckte die Hand nach mir aus – in Zeitlupentempo. Ich verfolgte seine Bewegung wie in Trance. Gleich würde er mich berühren, gleich würde ich seine warme Hand auf meiner Haut spüren. Ich kam ihm entgegen, konnte es nicht mehr erwarten ... da riss mich Maltes Stimme aus meinem wunderschönen Traum.

„Robbie? Kommst du wenigstens zum Kaffee runter?“
Ich schrak auf. War einen Moment lang desorientiert. Und als ich raffte, dass ich das alles nur geträumt hatte, wurde ich wütend. Scheiß Kaffee! Ich hätte mich lieber Yan hingegeben – wenn auch nur im Traum.
„Robbie?“
Mühsam unterdrückte ich meine aufkeimende Wut und brüllte barsch „Ich komm’ ja schon“ runter.
Und dann fiel mir ein, dass ich mich um 17.00 Uhr mit Nicky verabredet hatte. Hastig sah ich auf meinen Radiowecker – es war erst kurz nach drei. Ich stand langsam auf und streckte mich ein wenig. Mein Ständer war auch nicht mehr der Rede wert – nach dem „Schock“ brauchte ich mich darum nicht mehr zu kümmern.
Meine Eltern waren auch wieder da, als ich unser Wohnzimmer betrat – sie hatten im Moment beide Urlaub. Aber sie hatten sich entschlossen, keine Reise zu machen. Es gab soviel in unserem Haus zu tun – und der Garten musste winterfest gemacht werden. Na ja, was Eltern halt so an uninteressanten Dingen machten ...
Ein wenig argwöhnisch musterten sie mich.
„Willst du auch einen Cappuccino und ein Stück Kuchen?“, fragte meine Mutter.
Ich nickte, und mir fiel auf, dass ich wirklich ziemlichen Hunger hatte. Denn immerhin hatte ich ja das Mittagessen ausfallen lassen!
Mein Vater schubste Ziggy vom Sofa und rutschte zur Seite, so dass ich Platz hatte.
„Seit wann machst du einen Mittagsschlaf?“
Ich hörte gleich an seiner Stimme, dass er mich aufziehen wollte. Und darauf hatte ich ja gar keine Lust! Doch Malte kam mir zuvor mit einer Antwort.
„Robbie ist verliebt!“, platzte er heraus.
Meiner Mutter fiel vor Schreck der Kuchen vom Tortenheber, und es war nur der Geistesgegenwart meines Vaters zu verdanken, dass das Stück statt auf dem Teppich, auf seinem Teller landete. Das war eine Stärke meines Dads – sein „RundumBlick“.

Ich jedenfalls hatte im Augenblick keinen „RundumBlick“ – ich starrte nur Malte an und das auch nicht besonders freundlich.
Malte grinste.
Und unser Vater sagte: „Echt? Na dann ...“
Für ihn schien das Thema damit erledigt. Doch für meine Ma natürlich nicht; sie war sowieso diejenige, die mein *Coming-out* viel schlechter wegsteckte. Wobei ich wirklich sagen muss, dass meine Eltern erstaunlich locker darauf reagiert hatten.
Ich hatte es ihnen ein paar Tage, nachdem Malte mich beim Wichsen überrascht hatte, „gebeichtet“. Auf einen sensationellen Auftritt hatte ich verzichtet; keine Klöße, kein Rotkohl – und auch keine Chinapfanne; ich war einfach abends zu ihnen gegangen, hatte mich zu ihnen gesetzt und verkündet, dass ich nicht auf Mädchen stehe. Mein Unterkiefer hatte sich ein „Wettzittern“ mit meinen Knien geliefert. Aber im großen und ganzen fand ich, war ich ganz cool rübergekommen.
Und meine Eltern? Na ja, wie ich schon sagte, mein Dad steckte das ganz locker weg, aber meine Mutter hatte mich erschrocken angesehen. Ich glaube, sie hoffte einen Moment lang, dass sie träumte. Dann sammelte sie sich ein wenig.
„So“, sagte sie leise. „Du meinst also, dass du ... schwul bist?“
Ich sah, dass es ihr schwer fiel, *das* Wort auszusprechen.
Ich nickte. Wartete, dass irgend etwas Schreckliches passierte. Mein Gott, es musste doch irgendwas passieren! Sie konnten diese Eröffnung doch nicht einfach so hinnehmen ... Aber sie konnten. Sie taten es zumindest einfach. Das war mein *Coming-out*. Ziemlich unspektakulär, oder?
Jetzt sah mich meine Mutter skeptisch an. „Du bist verliebt?“
Und noch bevor ich irgendein Wort sagen konnte, krakeelte Malte: „Ja! In Yan, den neuen Typen aus seiner Klasse!“
Mich überkam das Bedürfnis, meinem geliebten Bruder eine reinzuhauen. Doch das tat ich natürlich nicht. Ich saß nur da, irgendwie gelähmt.
Meine Mutter schluckte. Kam mir zumindest so vor.
Mein Vater sagte: „So so, Yan ...“ Und aß seelenruhig sein Stück Kuchen weiter. Woher nahm er nur diese Gelassenheit?
„Ja ... Yan heißt er.“ Meine Stimme zitterte, und ich versuchte, mich auf meinen Kuchen und meinen Cappuccino zu

konzentrieren. Doch das misslang völlig. Und da meine Eltern schwiegen und auch Malte für einen Augenblick den Mund hielt, war auf einmal eine Spannung in der Luft, die ich nicht aushielt. Ich sprang auf.
„Entschuldigt mich!“ Mit diesem doch eher altmodischen Ausruf rannte ich aus dem Wohnzimmer.
Mein Herz raste, als ich mich in meinem Zimmer auf den Schreibtischstuhl fallen ließ. Wurde ich verrückt? Warum konnte ich es nicht einmal aushalten, dass meine Familie über Yan sprach? Oder gerade nicht sprach?
Ich ließ meinen Kopf auf den Schreibtisch sinken. Das Holz war kühl an meiner Stirn. Doch meine Gedanken wurden dadurch nicht klarer. Nichts wurde klarer. Es dauerte nicht lange, bis Malte an die Tür klopfte, und ohne eine Antwort abzuwarten, hereinkam.
Er stellte den Cappuccino und den Kuchen vor meiner Nase auf den Schreibtisch. „Sorry, Mann. Wusste nicht, dass du so empfindlich darauf reagierst.“
Meine Augen füllten sich mit Tränen und deswegen ließ ich meinen Kopf, wo er war.
„Schon okay“, sagte ich leise und hoffte, dass Malte einfach gehen würde. Und wenigstens dieses eine Mal hatte ich Glück. Malte streichelte kurz über meinen Rücken und ging.

Um halb fünf hatte ich mich wieder soweit gesammelt, dass ich in die Stadt fahren konnte. Ich wusste zwar nicht genau, wie ich es Nicky erzählen sollte, aber ich wollte sie auch nicht versetzen.
Die U-Bahn war mäßig voll, und ich bekam sogar noch einen Sitzplatz. Zwei Haltestellen hatte ich Gelegenheit, mir noch einmal alles durch den Kopf gehen zu lassen. Dann sprangen zwei Mädchen in die Bahn und begannen, russische Volkslieder auf ihren Flöten zu tröten. Ich starrte die beiden an. Nicht auch noch so etwas! Normalerweise hatte ich ja nichts dagegen, dass Leute sich so ein paar Euros nebenbei verdienten. Aber heute war mir echt nicht nach russischer Folklore.
Seufzend wandte ich den Blick ab und versuchte, über die Musik

hinwegzuhören. Das Positive ist, dass diese Leute immer nur zwei, drei Stationen mitfahren und sich dann aus dem Staub machen. Länger hätten meine angeschlagenen Nerven das auch nicht mitgemacht.
Ich beobachtete die Leute, die einstiegen und die, die ausstiegen, die, die zu spät kamen und ein dummes Gesicht machten, die Penner, die Manager, die Hausfrauen, die von ihrem Einkaufsbummel zurückkamen ... und ich kam mir vor, wie ein Außerirdischer.
Ein junger Mann stieg ein, setzte sich mir gegenüber auf die Bank und begann seinerseits, mich zu beobachten. Was mir erst relativ spät auffiel! Als ich ihm direkt in die Augen sah, lächelte er. Er hatte kleine, stechende Augen und einen breiten, aber schön geformten Mund. Ich brach den Blickkontakt ab. Denn mir war bewusst, dass – hätte ich ihn länger angesehen – er mich angesprochen hätte. Das verwirrte mich einigermaßen. Er hatte mich „erkannt“. Warum?
Zum Glück konnte ich an der nächsten Haltestelle aussteigen. Ich spürte seinen neugierigen Blick in meinem Nacken und konnte nicht verhindern, dass ich mich noch einmal umdrehte. Sein wissendes Lächeln verursachte eine Gänsehaut auf meinen Armen.
Ich vergrub die Hände in den Taschen meines Kapuzenshirts und machte mich auf den Weg ans Tageslicht. Es hatte wieder etwas angefangen zu nieseln, doch das Café war ganz in der Nähe. Der klägliche Regen schaffte es nicht, mich noch einmal so zu durchnässen wie mittags.
Nicky wartete bereits auf mich, sie winkte mir zu. So wie Nicky einem eben zuwinkt: unauffällig und nicht im Mindesten theatralisch. Ich konnte schon irgendwie nachvollziehen, warum Malte mit ihr zusammen war. Sie sah ja zudem noch gut aus – kurze, knallrote Haare, ein hübsches Puppengesicht, durchdringend blaue Augen.
„Hi.“
Ich nahm sie zur Begrüßung kurz in den Arm. „Hallo Nicky.“
„Ich habe für dich schon einen Kaffee mitbestellt – war doch okay, oder?“
Ich nickte, setzte mich auf den Stuhl ihr gegenüber und begann,

mir eine Zigarette zu drehen. Nachdem Wiltow mir meine Kippen abgenommen hatte, musste ich wohl oder übel wieder auf Selbstgedrehte umsteigen.
Sie beobachtete mich eingehend dabei. „Robbie, was ist bloß los mit dir? Du scheinst völlig von der Rolle zu sein ...“
Ich sah sie kurz an. „Echt?“
Der Kaffee wurde serviert, und ich zündete mir eine Zigarette an.
„Also?“
Ich füllte meine Lungen mit giftigem Rauch und zog die Zuckerdose näher zu mir heran. Plötzlich nahm ich die Musik im Hintergrund wahr – nicht mein Geschmack, aber ich war froh darüber, dass sie relativ laut war. Ich wollte nicht, dass jemand unser Gespräch belauschen konnte. Super, jetzt gab es Paranoia noch gratis dazu ...
„Es geht ... ähm ... Sag mal, wie findest du eigentlich Yan?“ begann ich einigermaßen unverfänglich.
Doch natürlich durchschaute sie mich sofort. „Yan? Du meinst, unseren neuen Mitschüler Yan?“
Ich nickte – und wurde rot. Was Nicky netterweise ignorierte, ohne einen Kommentar dazu abzugeben.
„Ich weiß nicht“, meinte Nicky. „Ich kenne ihn kaum. Er sieht ganz gut aus, hat coole Klamotten an, haut mich aber nicht vom Hocker. Ist mir zu ... mager! Und dass er mit Benny und seinen Kollegen herumhängt, macht ihn nicht gerade sympathischer.“
Ich seufzte und zog wieder an meiner Zigarette. Yan war nicht mager, er war absolut *yummy*!
„Es geht um Yan?“ fragte sie vorsichtig nach – wobei sie meine Antwort natürlich schon kannte.
„Ja.“
„Du ... bist du etwa in ihn verknallt?“
Nun hörte ich doch so etwas wie Unglauben in ihrer Stimme. Aber so war es doch schließlich! Klar, ich kannte ihn noch gar nicht richtig, aber trotzdem konnte man sich doch verlieben? Oder etwa nicht? – Ich dachte darüber nach – aber wirklich nur ganz kurz – ob ich vielleicht nur scharf auf ihn war. Diesen Gedanken ließ ich allerdings sofort wieder fallen (etwa so schnell, als hätte ich ein Stück glühende Kohle angefasst). Denn

allein die Vorstellung, Yan zu küssen, war so atemberaubend, dass ich sofort geil wurde.
Ich konzentrierte mich wieder auf Nicky. „Ja, also, ich meine ... ich finde ihn unglaublich ..." Jetzt ließen mich meine Worte im Stich. Was sollte ich ihr sagen? Dass ich Yan göttlich fand? Sexy? Hübsch? Dass ich ihn unbedingt berühren wollte? Dass ich ihn ... (an dieser Stelle fielen mir noch ein paar Sauereien ein, die ich nicht preisgeben wollte.)
„ ... was ich sagen will, ist, dass ich ihn ... ähm, attraktiv finde."
„Attraktiv", wiederholte Nicky verblüfft. Und dann versicherte sie sich noch einmal: „Yan, ja?"
„Ja, verdammt. Ich kann doch auch nichts dafür", bestätigte ich ein wenig verärgert. „Ich weiß, dass er nicht *deinem* Geschmack entspricht – Maltes auch nicht. Aber das muss er ja auch nicht! Wir sind schließlich kein Swinger-Club!"
„Reg dich nicht gleich so auf, Robbie", sagte Nicky sanft. „Ich bin nicht so erstaunt, weil ich ihn nicht gutaussehend finde oder so ... Es ist nur, weil er mit Bennys Clique rumhängt. Und die sind ... so völlig anders als du." Sie sah mich ein wenig mitleidig an, was ich überhaupt nicht mochte.
„Die Hellmann hat das verbockt", fauchte ich. „Die hat ihn schließlich sofort mit Benny bekannt gemacht! – Die blöde Kuh!"
„Robbie! Die weiß doch überhaupt nichts davon! Also ihr kannst du echt nicht die Schuld geben!"
Ich trank einen Schluck Kaffee und nickte widerwillig. Sie hatte ja recht. Die Hellmann konnte wirklich nichts dafür. Obwohl Yan natürlich optisch überhaupt nicht zu Bennys Clique passte und insofern ...
„Ich hab schon von ihm geträumt ...", murmelte ich leise und biss mir im selben Moment auf die Zunge. Warum erzählte ich so was?
Nicky lächelte mich an. „Du bist süß, Robbie. Hast dich wirklich verliebt, was?"
„Ja, aber es ist schrecklich, Nicky", flüsterte ich. „Ich halte das nicht mehr aus. Und ... ich weiß auch selbst, dass Yan nicht der beste Kandidat ist. Aber was soll ich denn machen?"
Sie sah mich lange an. „Ich weiß nicht. Ich kann Yan nicht

einschätzen. Aber ehrlich gesagt, habe ich noch nie gedacht, dass er vielleicht schwul sein könnte."
Ich kaute auf meiner Unterlippe. Ich konnte Yan auch nicht einschätzen. Dabei hatte ich eigentlich Antennen DAFÜR! Eben in der U-Bahn hatte ich ja auch sofort gewusst, dass der Typ Interesse an mir hatte. – Aber wahrscheinlich war das schon das Problem: Yan hatte wohl kein Interesse an mir! Deswegen bekam ich auch kein Signal von ihm. So einfach war das. Und so schrecklich.
„Soll ich ihn mal ein bisschen ausfragen?", bot Nicky an.
„NEIN!" Ich war entsetzt. Allein die Vorstellung, dass sie mich *anpreisen* könnte, war der Horror.
„Okay, dann gibt es nur noch zwei Möglichkeiten: Entweder du sprichst ihn irgendwann selbst an oder du schmachtest ihn weiterhin aus der Entfernung an."
Mir schmeckte keine der beiden Möglichkeiten. Trotzdem war ich froh, dass Nicky es jetzt wusste.
„Du wirst es ihm doch nicht sagen, oder?", fragte ich misstrauisch.
„Für wen hältst du mich?", rief sie empört. „Natürlich nicht. Aber du hast mich wirklich überrascht. Ich hätte nie gedacht, dass es um Yan geht. – Hast du es denn schon Janine erzählt?"
Ich schüttelte den Kopf. „Nur Malte ..."
Sie lächelte mich an. „Du musst deinem Bruder ja echt vertrauen. Dabei seid ihr beiden so unterschiedlich, dass man gar nicht glauben kann, dass ihr Brüder seid ..."
Ich wusste nicht, was ich darauf sagen sollte. Ich liebte meinen Bruder sehr, und ich wusste, dass ich mich auf ihn verlassen konnte.

V

Won't someone give me some fun?

Donnerstag war Bandprobe.
Ich spielte schon seit einiger Zeit E-Gitarre und das auch ganz gut. In unserer Band war Alex am Schlagzeug, Patrick am Bass

und André am Keyboard. Sven sang.
Wir hatten zunächst angefangen, Songs zu *covern* – mittlerweile schrieben wir aber auch eigene Stücke. Wenn jemand einen Song besonders gut fand, überlegten wir trotzdem immer zusammen, ob wir ihn nachspielen wollten. So wurde es nicht langweilig! Die meisten Songs, die wir gecovert hatten, waren von suede und strangelove – dank mir! Und Sven sang sie sehr gut – obwohl sein Musikgeschmack doch eher in die düstere Richtung ging.
Aber heute war ich schlecht drauf, dachte die ganze Zeit an Yan. Dachte ich überhaupt in letzter Zeit an irgend etwas anderes?
Dazu kam, dass Sven mal wieder nicht geübt hatte und ständig seinen Einsatz verpasste.
Als wir dann noch *„the big time“* von suede spielten, war ich kurz vorm Heulen. Nur die Anwesenheit der anderen und dass ich mich auf die Gitarrenlinie konzentrieren musste, hielt mich davon ab.
Ich mochte unsere Proben normalerweise – aber in den letzten Tagen konnte ich mich über gar nichts mehr freuen. Vielleicht wurde ich depressiv?
„Ey, Robbie – was ist denn los mit dir?“, fragte Patrick. „Du machst ein Gesicht, als hätte dir einer ans Bein gepinkelt!“
Alex lachte.
„Weiß auch nicht“, log ich. „Liegt vielleicht an der Jahreszeit ...“
„Wieso? Herbst und Winter sind doch klasse“, meinte Sven und als er grinste, sah man seine spitzen Eckzähne. (Wahrscheinlich war er wirklich ein Vampir.) Er trug heute ein ziemlich gruftiges Outfit: eine schwarze Bondage-Hose, bei der die Hosenbeine in Kniehöhe mit einer Art Fessel verbunden waren, ein schwarzes löchriges Oberteil und dicke schwarze Boots.
„Aber nur für Grufties“, maulte Patrick. „Ich frier' mir immer den Arsch ab!“
„Weichei“, kommentierte Sven und strich sich die langen Haarsträhnen aus dem Gesicht. Er war eigentlich ein hübscher Kerl – der ideale Frontmann für eine Band.
Das mit den Jahreszeiten war natürlich Quatsch. Ich mochte den Herbst am liebsten und auch die düsteren, nebligen Tage im

November. Svens Vorliebe für die kalten Monate konnte ich schon nachvollziehen. Ich mochte auch die heißen Bäder und die Abende am Kamin mit meinen Eltern. In der Beziehung waren Malte und ich recht unterschiedlich – er war ein typischer Sonnenmensch, der im Sommer am liebsten in Frankreich an der Atlantikküste Urlaub machte. Da war er nämlich schon einige Male mit einer Jugendgruppe gewesen.
Aber das tut nichts zur Sache. Im Moment versuchte ich jedenfalls, mich auf das Spielen zu konzentrieren und alle sonstigen Gedanken abzuschalten.
Und tatsächlich schaffte ich das – mit einiger Anstrengung.

Als ich von der Bandprobe nach Hause kam, war ich völlig durchgefroren. Ich begrüßte nur schnell meine Eltern und Ziggy, brachte die Gitarre in mein Zimmer und ging dann schnurstracks ins Bad. Es kostete mich einige Überwindung, mir mit den klammen Fingern die Klamotten auszuziehen.
Als ich schließlich nackt vorm Spiegel stand, hatte ich am ganzen Körper eine Gänsehaut. Aufmerksam betrachtete ich mich – ich hatte noch immer den Körper eines Jungen. Meine Arme waren extrem dünn, meine Schulterblätter stachen durch die Haut an meinem Rücken, meine Schlüsselbeine hätte man nicht röntgen müssen, um sie zu untersuchen.
Im großen und ganzen war ich mit meinen Körper zufrieden. Mich plagte jedenfalls nicht das berühmte mein-Schwanz-ist-zu-klein-Problem.
„My my my what a beautiful style / I'm gonna stay dead skinny / So they won't pick me to fry ...", sang ich leise und kletterte in die Dusche.
Wir hatten zwei Badezimmer in unserem Haus, die beide sowohl mit Dusche als auch mit Badewanne ausgestattet waren. Ein wirklicher Luxus, fand ich, dass Malte und ich ein Bad für uns hatten ... (leider mussten wir das auch allein saubermachen).
Das heiße Wasser prasselte auf mich herab, und ich lehnte mich mit geschlossenen Augen an die Kacheln. Es dauerte eine Zeitlang bis ich wieder „auftaute".
Und plötzlich waren meine Gedanken wieder bei Yan. Ich

dachte ja eigentlich fast immer an ihn – wenn ich nicht gerade mit etwas anderem beschäftigt war. Ich stellte mir vor, wie sein Körper aussah, wie er sich anfühlte. Ich hatte Bilder im Kopf von Yan, wie er über den Schulhof ging, wie er sich mit der Hand durch die kurzen Haare fuhr, wenn er überlegte, wie er gedankenverloren an seinem Stift kaute, wie er ... Automatisch wanderte meine Hand nach unten. Ich malte mir aus, wie es wäre, wenn er mir einen runterholen würde ... Na ja, ich gehe jetzt nicht ins Detail. Wen interessieren Details?

Ich machte es mir also selbst unter der Dusche und war danach ziemlich entspannt. Und Frieren musste ich auch nicht mehr.

Immerhin verzog ich mich für solche Sachen in unser eigenes Badezimmer. Bei unserer letzten Klassenfahrt hatten sich ein paar Jungs aus meiner Klasse etwa alle zwei Tage ein „Wettwichsen" geliefert. Ich war davon gleichermaßen fasziniert wie abgestoßen gewesen. Wie im Übrigen auch von den Pornos, die ich bisher gesehen hatte. Dabei fiel mir wieder ein, dass ich mich am nächsten Abend mit Sven, Alex und Alex' Kumpel Pascal zum Videogucken verabredet hatte. Die drei wollten sich *Blade II* ansehen. Und bisher war es bei jedem Videoabend Pflicht gewesen, zumindest in einen Porno reinzuschauen. Meist machten sich alle darüber lustig und die Schwänze blieben eingepackt. Ich wusste aber von Alex, dass er sich schon mit seinem Kumpel vor dem Fernseher einen geschrubbt hatte. Eine merkwürdige Vorstellung ...

Na ja, mich ließen diese Heteropornos eh kalt. Es fiel mir nicht besonders schwer, mich darüber lustig zu machen. Ich brauchte mein Desinteresse nicht mal zu heucheln. Die Typen, die in solchen Produktionen mitspielten, entsprachen auch nicht meinem Geschmack.

Hey, ich war 15 – was interessierten mich muskelbepackte 30jährige? Ich wollte einen Freund in meinem Alter! Ich wollte herumknutschen und ein bisschen rummachen – das würde mir erst mal voll ausreichen.

Natürlich wusste ich, dass es noch andere schöne Dinge gab – aber die machte ich erst mal nur mit mir selbst (und die verrate ich an dieser Stelle auch nicht).

VI

Why does she feel this way?

Am nächsten Tag in der Schule sprach Alex mich an. Er hatte ein ganz unmögliches Sweatshirt an ... *third hand* oder so ... Wo der immer seine Klamotten her hatte? Rotes Kreuz?
„Du kommst doch heute abend, von Heydt, oder?“
Ich nickte.
Nicky runzelte neben mir die Stirn. „Schaut ihr euch wieder irgendeinen perversen Film an?“
‚Blade‘, wollte ich gerade antworten, doch Alex kam mir zuvor. Mit einem wirklich schäbigen Grinsen sagte er: „Klar, was meinst du, warum das ein *Herrenabend* wird?“
Ich verdrehte die Augen. Leider hatte auch Benny diesen blöden Spruch mitbekommen.
„Zieht ihr euch Pornos rein, oder was?“, fragte er – so laut, dass auch Yan es hören konnte. Peinlich!
„Wir wollen ...“, setzte ich an, doch Alex unterbrach mich lachend: „Was meinst du denn? Die Sesamstraße?“
Na herzlichen Glückwunsch! Wie stand ich denn jetzt da? Wie so ein Ober-Perversling!
„Wusste gar nicht, dass *Blade* ein Porno ist“, knurrte ich, um die Situation zu retten.
Doch da gabs wohl nichts mehr zu retten, denn Benny hatte mal wieder beschlossen, mir auf die Nerven zu gehen.
„Auf was stehst du denn, von Heydt?“
‚Auf Pimmel‘, hätte ich ihm gern ins Gesicht geschrieen. Das hätte ihn zumindest schockiert. Ich sagte aber: „Wüsste nicht, was dich das angeht.“
„Du hast doch sicher noch nie’n richtig geilen Film gesehen, oder?“
Ich verkniff mir ein Grinsen. Das hatte ich in der Tat noch nicht – ich kannte leider niemanden, der sich Schwulenpornos auslieh.
„Filme ...“ Verächtlich winkte ich ab, als wenn ich schon Gott-weiß-was-für-eine-Erfahrung hätte.
Für eine Sekunde blieb ihm der Mund offen stehen. Ich hatte ihn wohl verblüfft. Doch natürlich stieg ich in seinem Ansehen

dadurch nicht. Das hätte ich sicher nur geschafft, wenn ich eine Melodie hätte furzen können ...
Die Hellmann betrat den Klassenraum und beendete damit unser wahnsinnig sinnvolles Gespräch. Und da hatte ich auch – ehrlich gesagt – nichts gegen.
Nicky schob mir einen Zettel rüber.
SEHT IHR EUCH ECHT PORNOS AN?
Ich schrieb zurück: WIR WOLLEN BLADE II SEHEN. ABER WAHRSCHEINLICH BRINGT ALEX EINEN BUMSFILM MIT.
DAS IST JA WAS FÜR DICH ... ☺
JA, DA FREUE ICH MICH AUCH SCHON **RIESIG** DRAUF.
Ich warf ihr einen gequälten Blick zu.
MUSS ALEX ES NÖTIG HABEN ... , schrieb sie.
NICHT NUR DER, antwortete ich.
Wir sahen uns an und mussten lachen.
„Hey, könnt ihr beiden das mal einstellen?“, rüffelte die Hellmann uns. Von da an waren wir ruhig.
Aber ich dachte über Nickys „Spruch“ nach – *muss der es nötig haben*. Hatten wir das nicht alle? Oder hatten nur Jungs diesen unbändigen Drang nach Sex? Gab es da überhaupt einen elementaren Unterschied zwischen Jungs und Mädchen?
Lag Nickys Desinteresse vielleicht daran, dass sie mit Malte ...?
Moment – taten sie es überhaupt schon richtig? Darüber hatte ich weder mit Nicky noch mit Malte bisher gesprochen. Ich wusste, dass Malte schon mit zwei Mädchen geschlafen hatte. Aber mit Nicky?
Ich sah sie von der Seite an und versuchte mir vorzustellen, wie sie mit meinem Bruder im Bett war. Aber irgendwie bekam ich das nicht hin. Wenn ich es also wissen wollte, musste ich fragen ... aber nicht Nicky. Da war ich bei Malte eher an der richtigen Adresse. Oder machte man das nicht? War es vielleicht verwerflich, solche intimen Dinge von Freunden in Erfahrung zu bringen?
HAST DU DIR SCHON MAL PORNOS ANGESEHEN?, schrieb ich auf den Zettel und schob ihn wieder vorsichtig zu ihr rüber.
NUR SOFTPORNOS. FAND ICH TOTAL BESCHEUERT.

WARUM?
PORNOS HABEN NIX MIT EROTIK ZU TUN. NUR SINNLOSES GERAMMEL.
KANN DAS NICHT AUCH GEIL SEIN?
(An dieser Stelle kam die Hellmann an unserem Tisch vorbei, und ich ließ den Zettel verschwinden.)
„Vielleicht bist du auch so freundlich und fängst an, die Frage zu dem Text zu bearbeiten, Robin?!"
Ich spürte, dass ich rot wurde. „Klar."
Irgendwer lachte.
Als sie vorbeigegangen war, gab ich Nicky den Zettel.
Sie schrieb zurück: GEIL? ☺ SO WAS KENNE ICH JA GAR NICHT VON DIR. DER JUNGE SCHEINT DICH JA WIRKLICH HORNY ZU MACHEN ...
KEIN KOMMENTAR!
IST AUCH NICHT NÖTIG!
Ich steckte den Zettel in meine Hosentasche und widmete mich dem Deutschtext. Der war aber stinklangweilig und so drifteten meine Gedanken wieder ab.
So ein richtiger Schwulenporno würde mich sicher anmachen ... wenn die Typen gut aussahen. Mein Gott – wahrscheinlich war es sogar egal, wie die Typen aussahen (wenn sie nicht gerade einen Bart hatten ...). Schon zwei Männer, die sich umarmten und küssten, waren ein echtes Highlight für mich. Wenn sie es dann noch miteinander trieben ... Bei dem Gedanken daran, fing mein Schwanz an zu zucken. Ich versuchte schnell, mich auf etwas anderes zu konzentrieren. Doch dann fiel mein Blick auf Yan und in meinem Kopf entstanden die wildesten Phantasien – die ich hier unmöglich wiedergeben kann. Das jedenfalls kühlte mich ÜBERHAUPT nicht ab. Wenn ich doch nur wüsste, ob er genauso für mich empfand. (Was unwahrscheinlich war – aber träumen durfte man ja noch ...)
Mein „Problem" hatte sich leider bis zur Pause noch nicht erledigt und so sah ich mich zu der relativ unwürdigen Handlung gezwungen, mir auf dem Schulklo einen runterzuholen.
Ich dachte dabei an Yan und stellte mir vor, dass er es mir machte. Dadurch kam ich in Rekordgeschwindigkeit. Und als ich mich gegen die Wand lehnte, um tief durchzuatmen, fragte

ich mich ob diese Versessenheit auf den Typen nicht langsam zur *Besessenheit* wurde.
Beim Händewaschen traf ich auf Sven. Der grinste mich merkwürdig an – ob er wusste, dass ich gerade ...?
„Mach dir nichts draus, Robbie."
Überrascht sah ich ihn an. „Was meinst du?"
„Alex labert halt viel ..."
„Mmh", machte ich. Was wollte Sven mir bloß damit sagen? Hatte er vielleicht gesehen, wie unangenehm mir das darauffolgende Gespräch mit Benny war?
„Er könnte ja mal ... was Spannendes mitbringen", wagte ich mich vor.
Sven sah mich neugierig an. „Was denn genau?" Er wusste offensichtlich, von was ich sprach.
Ich zuckte mit den Schultern, dabei hatte ich schon ganz konkrete Vorstellungen. „Tja, halt mal was anderes ..."
„Bizarre Sachen?" Sven grinste. „Ich würde ja gern mal einen Lesbenporno sehen", verriet er mir. „Aber dann lieber allein ... so auf Gruppenwichsen steh ich nicht."
Ich lachte. „Ich auch nicht."
Gemeinsam kehrten wir in den Klassenraum zurück.

VII

as similar as you can get to the shape of a cigarette

Als ich heute von der Schule nach Hause kam, hatte meine Mutter eine unangenehme Überraschung für mich.
„Robin – kommst du mal bitte?"
Ich näherte mich zögernd und überlegte, ob ich irgendwas angestellt hatte. Wollte sie vielleicht wieder mit mir über das Rauchen diskutieren? Hoffentlich nicht ... Meine Eltern wussten, dass ich rauchte und sie hatten sich ziemlich darüber aufgeregt. Aber viel konnten sie nicht dagegen unternehmen.
‚Vielleicht fehlt dir doch mal eine Tracht Prügel', hatte mein Dad geknurrt. Aber er meinte das – zum Glück – nicht ernst. Auf jeden Fall hatten sie mir verboten, im Haus zu rauchen. Und

ich durfte mich auch sonst nicht von ihnen erwischen lassen.
Es war ja auch nicht so, dass ich nicht gewusst hätte, wie schädlich Rauchen war. Aber dummerweise hatte ich nun mal damit angefangen – und momentan wollte ich einfach nicht aufhören. Ob das nun intelligent war oder nicht, war mir schrecklich egal.
„Jugendlicher Schwachsinn“, hatte mein Vater es genannt. Meinetwegen.
Ich beobachtete meine Mutter, während sie die Einkäufe in den Schränken verstaute.
„Du hast heute einen Arzttermin – Thomas hat eben angerufen, dass ein Termin freigeworden ist.“
„Oh nein!“
Ich hasste Arztbesuche. Ich verabscheute Ärzte, und bereits der Geruch im Wartezimmer machte mich krank. Schon als kleines Kind hatte ich immer einen Heidenaufstand gemacht.
Ich bedachte meine Mutter mit einem wütenden Blick, doch sie ließ sich nicht einschüchtern. „Benimm' dich nicht wie ein Sechsjähriger! Du musst noch eine Impfung nachholen und außerdem soll Thomas dich mal komplett durchchecken.“ Sie sah mich durchdringend an.
DAS Thema, dachte ich entnervt. Vor zwei Monaten etwa hatte meine Mutter den Verdacht geäußert, ich könnte auf eine Magersucht zusteuern. Dabei aß ich ja was! Ich war eben ein ziemlich dünner Typ – im Gegensatz zu meinem Bruder, der schon in meinem Alter wesentlich männlicher gewirkt hatte.
Meine Eltern – und hier in erster Linie meine Mutter – hatten mein Gewicht (oder meine verzögerte Entwicklung, wie sie das bezeichnet hatten ... ha ha, wenn die wüssten!) jedenfalls als Besorgnis erregend empfunden. Dann hatten sie mich vier Wochen lang damit drangsaliert, dass ich mich jeden Tag wiegen musste. Sie machten einen richtigen Zwergenaufstand, nur um festzustellen, dass ich nicht *noch weiter* abnahm. Noch weiter ... Ich hatte mich noch nie wirklich für mein Gewicht interessiert. Doch Malte hatte meiner Mutter schließlich versichert, dass ich keine Essstörungen hatte.
Na ja, und dann noch das Rauchen ...
Da konnte ich mich wohl nicht vor dem Arztbesuch heute

drücken. Zum Glück war Thomas ein Cousin meiner Mutter und ich mochte ihn ganz gern. Das entkrampfte die ganze Sache ein bisschen.
„Wann muss ich denn hin?“ fragte ich.
Meine Mutter schien überrascht, dass ich mich nicht weiter aufregte.
„Um halb vier.“
Ich nickte. Dann schaffte ich es ja noch mit dem Videoabend.
Malte betrat hinter mir die Küche. „Was ist los? Krisenstimmung?“
Ich drehte mich zu ihm um. „Ich muss heute zum Arzt ...“
Malte kam auf mich zu und hob mich hoch. „Mein Püppchen, meine Fee ... hat die böse Hexe endlich einen Termin für dich gemacht?“, witzelte er.
Ich musste lachen und strampelte, damit er mich wieder herunterließ.
„Ich werde ab jetzt soviel essen, dass ich ganz fett werde! So fett, dass ich nicht mehr durch die Tür passe und die Stühle unter mir zusammenbrechen!“
Meine Mutter schüttelte verständnislos den Kopf, und ich rannte schreiend aus der Küche. „Ich werde eine Fressmaschine!“

Meine Mutter traute mir nicht über den Weg und brachte mich persönlich zur Praxis von Thomas. Er hatte mit zwei anderen Ärzten eine Gemeinschaftspraxis aufgemacht, in einem wunderschönen alten Haus am Rande der Stadt. Und soweit ich wusste, lief die Praxis sehr gut – was wahrscheinlich auch daran lag, dass es hier noch eine S-Bahn-Anbindung gab.
Ich wurde sozusagen an der Anmeldung abgeliefert. Offensichtlich befürchtete meine Mutter, dass ich es mir sonst anders überlegte. Mit verkniffenem Gesicht nahm ich im Wartezimmer Platz. Es war eigentlich ganz nett eingerichtet, in angenehmen Pastellfarben gestrichen; die großen Fenster hatten keine Vorhänge, so dass man nach draußen gucken konnte. Es gab eine Ecke mit kleinen Stühlen und Spielzeug für Kinder.
Zum Glück war niemand außer mir hier, ich musste auch nicht lange warten.

Eine junge, einigermaßen hübsche Sprechstundenhilfe führte mich in eines der Behandlungszimmer und schon ein paar Minuten später kam Thomas. Er trug zwar weiße Klamotten, aber keinen Arztkittel. Seine Füße steckten in hellen Laufschuhen – nicht in den obligatorischen „Arztpuschen" (zum Glück war er nicht so ein „Puschinski"). Thomas war ein sportlicher, sonnengebräunter Mittdreißiger, und ich mochte ihn – zumindest bei Familienfeiern. Das war auch der Grund (denke ich), dass meine Mutter bei ihm einen Termin für mich organisiert hatte.
„Robbie!" Er strahlte mich an, sein Händedruck war warm und fest.
„Wie geht's dir?"
„Wenn ich nicht hier sein müsste, ging's mir besser", antwortete ich.
Er grinste. „Ingrid hat mir schon erzählt, dass du es nicht so mit Ärzten
hast ..."
„Das ist aber noch freundlich formuliert", sagte ich.
Er bedeutete mir, mich zu setzen und ich ließ mich auf dem bequemen Sessel ihm gegenüber nieder.
„Okay – gibt's irgendwelche Beschwerden?", begann er.
„Ja ... ich habe eine Allergie auf Leute, die sich in mein Leben ein
mischen ..."
Thomas sah mich an und lachte. „Soll ich *das* hier eintippen?"
Ich zuckte unkooperativ mit den Schultern.
„Ingrid hat mir gesagt, worüber sie sich Sorgen macht, Robbie. Sie meint, du könntest magersüchtig sein ... und dass das deine Entwicklung verzögert. Weißt du, es gibt immer mehr Jungen, die magersüchtig werden oder eine Essstörung haben."
Ich verdrehte die Augen.
„Wie groß bist du denn im Moment?"
„So 1,68 m", antwortete ich.
„Und wie viel wiegst du?"
Ich zuckte wieder mit den Schultern.
„Ziehst du dich bitte mal aus? Dann kannst du dich eben auf die Waage stellen und ich kann mir besser ein Bild davon machen,

wie du so aussiehst."
Aufmunternd sah er mich an.
Und ich begann, mich auszuziehen. Es war irgendwie sehr merkwürdig, mich vor Thomas zu entkleiden. Glücklicherweise war es ziemlich warm in dem Zimmer. Thomas führte mich zu der großen Waage.
„43 Kg", sagte er und betrachtete mich nachdenklich. Er nahm einen Taschenrechner in die Hand. „Das ist ein BMI von 15,2 ... Wirklich ein bisschen wenig. Du rauchst, oder?"
Ich nickte. Es war ein bisschen komisch, nur so in Shorts vor ihm zu stehen und mich mit ihm zu unterhalten.
„Solltest du lassen. Echt. Gerade für Jugendliche im Wachstum ist das Gift!"
Er kratzte sich am Kinn. „Du bist wirklich extrem dünn." Er lehnte sich gegen die Liege. „Robbie, Ingrid hat mir gesagt, dass du homosexuell bist – zumindest im Moment ..."
„Was hat *das* damit zu tun?", unterbrach ich ihn heftig.
Doch er ließ sich nicht beirren. „Nichts. Aber ich möchte, dass du kurz die Hose ausziehst und ich will nicht, dass du etwas falsch interpretieren könntest. Es ist doch besser, wenn wir darüber reden, oder?"
Ich war knallrot geworden. Musste das denn sein?
Thomas wartete geduldig. „Das muss dir echt nicht peinlich sein", erklärte er sanft. „Du bist doch ein hübscher Kerl ..."
Mit einem Seufzen schob ich die Shorts über meine Hüften.
„Okay, reicht schon. – Ich fass dich jetzt an, ja?"
Ich nickte, dann spürte ich seine Hand an meinen Hoden. Nur kurz.
„Alles okay bei dir", sagte er und grinste mich an. „Kannst dich wieder anziehen."
Das tat ich auch rasch. Es war natürlich gar nicht so schlimm gewesen, dass er mich berührt hatte. Nur irgendwie ungewohnt und ein bisschen peinlich.
Thomas hatte sich wieder an seinen Schreibtisch vor seinen Computer gesetzt.
„Du bist eindeutig zu dünn, aber ansonsten völlig normal entwickelt", sagte er.
Das hätte ich ihm auch so sagen können, dachte ich.

„Du isst aber normal, oder?"
„Ja, wirklich. Ich esse ganz normal und ich kotze es auch danach nicht wieder aus."
„Machst du Sport?"
„Nein, im Moment nicht – außer in der Schule."
„Und Drogen?"
„Nur Zigaretten", gab ich zurück. Was auch weitestgehend stimmte.
„Dann können wir auch gleich die Impfung machen."
Ich verzog mein Gesicht zu einer Grimasse.
Als Thomas das sah, lachte er leise. „Ganz kleiner Stich, wirklich. Ist auch nur eine winzige Nadel."
„Wie schön", sagte ich ironisch.
Er stand auf und machte die Impfung fertig. „Wo willst du sie hinhaben?"
„In den Arm", sagte ich sofort. Von Entblößungen hatte ich heute genug. Ich machte den Oberarm frei, und er setzte sich mit einem Hocker neben mich.
„Sag mal, hattest du schon Sex?", fragte er nebenbei.
Ich war so überrascht, dass ich den Pieks überhaupt nicht bemerkte.
„Du meinst ... äh ... ähm ... Analverkehr?", fragte ich zögernd.
„Ja." Er drückte ein Wattekissen auf den Einstich.
„Nein." Ich war wieder rot geworden. Mein Gesicht brannte.
Er nickte. „Informier' dich gut, Robbie. Und wenn du Fragen hast, kannst du gern zu mir kommen, ja?"
„Okay, danke", stammelte ich.
„Es wird vielleicht Dinge geben, die du nicht mit jedem besprechen möchtest." Er zwinkerte mir zu.
Wir hatten uns verstanden.
Er reichte mir den Impfausweis. „Denk über die Sache mit dem Rauchen nach."
„Mmh ..."
In der Tür blieb ich noch mal stehen. „Sag mal ... du erzählst meiner Mutter doch nichts von ... meinem Schwanz, oder?"
Er starrte mich an, dann lachte er laut. „Ich erzähl ihr GAR NICHTS! Schweigepflicht, du weißt schon ..."
Ich grinste zurück. „Bis dann."

Es fing gerade wieder einmal an zu regnen, als ich bei Alex eintraf. Sven und Pascal waren schon da und hatten es sich auf Alex' gammeligem Sofa gemütlich gemacht. Alex hockte wie immer in seinem Sessel.
„Los, von Heydt, komm hier in unsere Mitte", empfing Sven mich und rückte auf die Seite. Ich quetschte mich zwischen sie.
„Auch Cola?", fragte Alex.
„Ja."
„Gibt sogar das hier!" Stolz hielt Sven eine Flasche Wodka hoch.
Ich stöhnte leise. „Morgen ist Schule!"
Er lachte. „Musst dich ja nicht total zuschütten."
„Dann lohnt es sich doch gar nicht", sagte Pascal.
Dass ausgerechnet er so dicht neben mir saß, fand ich nicht gerade angenehm. Denn meistens roch er ziemlich streng. Heute ging's allerdings – zum Glück.
„Okay, gib mir auch was davon."
Sven goss mir einen großzügigen Schluck Wodka in meine Cola. „Das macht lockerer", sagte er und grinste mich anzüglich an.
„Wozu zur Hölle muss ich locker sein?", fragte ich.
„Für das, was nach *Blade* kommt ..." Pascal lachte laut auf.
Ich verdrehte die Augen und schwieg. Vielleicht konnte ich mich ja vorher abseilen ...
„Alex hat nämlich was echt Bizarres organisiert ..."
„Was denn? Frauen über 90?", fragte ich sarkastisch. Wollte es aber gar nicht wissen.
„Nee, so'n Sado-Maso-Film", freute sich Sven.
Ach du Scheiße, dachte ich. Es blieb einem aber auch nichts erspart. Ich konnte mir am besten schon jetzt einen triftigen Grund überlegen, VOR dem Film abzuhauen. Hoffentlich kamen sie nicht noch auf die Idee, *Blade II* zu überspringen, um sich nur den Porno anzusehen. Zuzutrauen war es ihnen allemal
„Und – ist das was für dich?", flachste Sven und knuffte mich in die Seite.
„Ja, toll", antwortete ich lahm und versuchte gar nicht erst, Interesse vorzutäuschen. „Aber ich kann eh nicht so lange bleiben. Muss spätestens um halb zehn zu Hause sein."

„Echt?" Alex sah auf die Uhr. „Ist aber doch erst sechs! Das schaffst du noch locker."
„Dann schmeiß mal langsam den Film ein", drängelte Pascal.
Ich leerte meine Cola und goss mir ein zweites Glas ein. Sven verabreichte meinem Getränk wieder einen Schuss Wodka.
Pascal zog sich derweil die ganze Chipstüte rein. Auf die Idee, was abzugeben, kam er wohl nicht von allein.
Mir wurde nach dem zweiten geleerten Glas wohlig warm und ich protestierte nicht, als Sven das Mischverhältnis änderte.
Der Film war mäßig spannend, aber mit guten *special effects*. Von der Story her konnte er aber weder mit *Interview mit einem Vampir* noch mit *Königin der Verdammten* mithalten. Das fand auch Sven als Vampir ... nein, als „Vampir-Film-Kenner" natürlich.
Ich schaute gar nicht auf die Uhr und wollte automatisch aufstehen, als *Blade II* zu Ende war – doch Sven schlang den Arm um meinen Brustkorb und zog mich wieder aufs Sofa. Ich war überrascht. Alex legte besagten Porno ein.
„Gekniffen wird nicht!"
„Willst du, dass ich kotze?", fragte ich Sven verärgert.
Doch er grinste. (Keine Ahnung, wie viel Wodka er mittlerweile intus hatte.)
„So schlimm wird's wohl nicht werden."
Er goss mir mit erstaunlich ruhiger Hand nach und ich stürzte das Glas (Wodka pur) in einem Zug hinunter. Dann schüttelte ich mich.
„Lass mich aufstehen, Sven."
„Nein."
Der Film begann. Und schon die ersten Szenen fand ich abstoßend. Die anderen johlten.
„Sven, bitte!"
„No!" Er hielt mich weiter fest. Ich verstand gar nicht, warum er das tat.
Scheiße. Ich ergab mich meinem Schicksal. Und sie sahen sich wirklich den ganzen grottenschlechten Film an! Ich bemerkte, wie Pascal neben mir unruhig wurde und trank noch ein Glas Wodka. Das konnte doch alles nicht wahr sein!
Dass ich auch noch mit dem Fahrrad nach Hause musste, hatte

ich irgendwie verdrängt.
Svens Körper fühlte sich sehr heiß an neben meinem und ich ging davon aus, dass ihn der Film total geil machte. Doch mir war einfach schlecht – und ich konnte mich nicht mal damit ablenken, dass ich Svens Nähe normalerweise sehr genoss. Einen Augenblick dachte ich darüber nach, ihm zwischen die Beine zu packen, um zu fühlen, wie hart er war. Das hätte ihn sicher aus dem Konzept gebracht. Aber ich tat es nicht.
Und kaum war der Film zu Ende, sprang ich auf (wahrscheinlich war ich der einzige, der sofort aufspringen *konnte*, ohne sich zu blamieren) und sagte: „Ich muss jetzt echt nach Hause!"
Alex und Pascal sahen mich verstört an, aber Svens Augen blitzten. „Bis morgen, Robbie."
Ich stolperte nach draußen. Erst jetzt bemerkte ich, dass ich eindeutig zuviel getrunken hatte.
Vor meinen Augen drehte sich alles. Ich blieb neben meinem Fahrrad stehen und atmete tief durch. Aber mir war kotzübel – ich glaube, das lag weniger am Alkohol als vielmehr an dem ekeligen Film! Wobei ich natürlich an diesem Abend außer Chips nichts gegessen hatte ... War wohl auch nicht so klug gewesen.
Ich fragte mich, warum Heteros solche Filme geil fanden ... ich hätte für Wochen erst mal genug von Sex ...! Ob Yan sich auch so etwas ansah?
Diese und andere Gedanken wirbelten in meinem Kopf durcheinander. Ich bekam einfach keine Struktur in meinen Gedankensalat. Langsam beugte ich mich hinunter, um das Schloss an meinem Fahrrad aufzuschließen, da wurde mir so übel, dass ich mich einfach übergab. Ich schaffte es gerade noch, nicht gegen mein Fahrrad zu kotzen (Alex' Eltern würden sich sicher über die neue „Dekoration" ihres Vorgartens freuen ...).
Scheiße.
Wieso hatte ich soviel getrunken? Und wieso hatte ich mir diesen Film angesehen? (Da musste man ja impotent von werden!) Das war wohl einfach zuviel gewesen ... sowohl das eine als auch das andere.
Ich würde Sven verklagen. Wegen Nötigung.
Das schwor ich mir, als ich langsam in Schlangenlinien nach

Hause fuhr.
Ein Wunder, dass ich heil nach Hause kam. An der Haustür brauchte ich dann bestimmt fünf Minuten, um den Schlüssel ins Schloss zu stecken. Das hatte mein Vater offensichtlich gehört, denn als ich endlich die Tür aufbekam, stand er im Flur, hielt Ziggy am Halsband fest und starrte mich skeptisch an.
„Hallo Robbie!“, begrüßte er mich.
Ich versuchte, mich zusammenzureißen. „Hallo.“
„Wie war euer Videoabend?“
„G ... gut“, stotterte ich und wollte an ihm vorbei die Treppe hoch. Doch es drehte sich noch immer alles vor meinen Augen. Ich klammerte mich ans Treppengeländer.
Mein Dad beobachtete mich stirnrunzelnd. Ich konnte seine Blicke körperlich fühlen!
„Das muss ich wohl nicht weiter kommentieren.“
Ich hielt mich noch immer fest. Die Treppe würde ich nie schaffen.
„Lass das kommentieren und leg mich übers Knie“, sagte ich schleppend.
Er tippte sich an die Stirn. Dann nahm er mich einfach auf seine starken Arme und trug mich nach oben.
„Irgendwann bist du echt reif für eine Tracht“, knurrte er.
Ich denke nicht, dass er mich schlagen würde. Dabei hätte ich den Schmerz (den ich glücklicherweise nicht kannte) vielleicht gebraucht, um wieder zu Verstand zu kommen.
„Malte?“ Erst an dem Tonfall, wie er meinen Bruder rief, bemerkte ich, wie verärgert er war.
Malte erschien in seiner Tür. Als er sah, dass Dad mich trug, kam er näher.
„Ist was passiert?“
„Riech an ihm, dann weißt du’s ...“
Mein Vater setzte mich im Bad ab.
„Hilfst du ihm? Wenn ich noch länger hier bleibe, werde ich mich vielleicht doch noch vergessen.“ In der Tür drehte er sich noch einmal zu mir um. „Und du, mein Freund. Bitte nicht noch einmal darum! Es könnte sein, dass ich dir deinen Wunsch sonst erfülle!“
Ich schloss die Augen und hielt mich am Waschbecken fest.

Kopfschüttelnd sah Malte mich an. „Sag mal, wieso hast du dich so vollgeschüttet? Und das mitten in der Woche ... völlig daneben ...“
Ja, völlig daneben, das wusste ich selbst.

VIII

What does it take to turn you on?

Klar war mir am nächsten Morgen noch schlecht. Aber ich traute mich nicht, liegen zu bleiben. Ich war ja selbst schuld.
Malte wusste, dass ich ziemlich neben mir stand. Zum Glück frühstückten unsere Eltern heute nicht mit uns. Da blieben mir zumindest deren schlaue Sprüche erspart. Sicher hatte die ganze Aktion noch ein Nachspiel.
Ich zwang mich, einen Toast zu essen und trank einen Orangensaft. Das war aber auch alles, was ich rein bekam.
Schadenfroh bemerkte ich in der Schule, dass die anderen auch so matschig aussahen wie ich. Mit Ausnahme von Sven – aber bei dem tickten die Uhren eh anders.
„He, von Heydt – was warst du denn gestern so schnell weg?“, fragte Alex spöttisch.
„Mir war schlecht ... der Film war zum Kotzen!“
„Der war doch geil! Du bist echt voll das *Mädchen* ...“, sagte er kopfschüttelnd.
Auf so einen Scheiß hatte ich keinen Bock. Mir fiel wieder ein, was Nicky zum Thema Pornos gesagt hatte – und in diesem Moment hätte ich ihr zustimmen können.
Ich zeigte ihm den Mittelfinger und als ich mich umdrehte, sah ich direkt in Svens knallgrüne Augen.
„Dich verklage ich noch wegen gestern“, fauchte ich ihn an.
Er lächelte schmal. „Manchmal sind Jungs eben auch Mädchen“, sagte er schlicht.
„Häh?“
„*Girls who are boys*
Who like boys to be girls
Who do boys like they're girls

Who do girls like they're boys
*Always should be someone you really love**",
zitierte er halb singend.
Ich zog die Augenbrauen hoch, doch es gab keine weiteren Erklärungen. Und dann rauschte Yan an mir vorbei und ich hatte eh nur noch Augen für ihn. Angeschwollene Augen zwar, aber besser als nichts.
Der Schultag zog sich wie Kaugummi und ich war heilfroh, als ich ihn überstanden hatte. Hätten wir heute eine Arbeit oder einen Test geschrieben, das wäre voll in die Hose gegangen!
Nach dem Mittagessen (meine Mutter hatte einen leckeren Nudelauflauf gemacht und zum ersten Mal an diesem Tag hatte ich so etwas wie Hunger) setzte ich mich an meine Hausaufgaben. Und da saß ich eine ganze Zeitlang, bis mich Maltes Stimme aus meinen Überlegungen riss. Aber das störte mich nicht im Geringsten, zu den Geschichtshausaufgaben hatte ich eh keine Lust.

„Robbie? Komm mal!"
Neugierig ging ich in sein Zimmer. Er saß vor dem Computer.
Als ich eintrat, drehte er sich um und grinste mich an.
„Hab da was für dich gefunden ..."
„Was denn?" Ich stellte mich hinter ihn und sah ihm über die Schulter. Eigentlich hatte ich gedacht, er wollte mir eine neue interessante suede-Seite oder einen Konzertmitschnitt zeigen. Aber mit einem einzigen Blick erkannte ich, was Malte da im Internet gefunden hatte: Männer, die es miteinander trieben!
Ich schluckte und starrte auf den Monitor. Dann räusperte ich mich. „Kostet das nichts?"
Malte schüttelte den Kopf. „Das hier nicht. Aber man muss echt höllisch aufpassen, dass man sich keinen 0190-Dialer einfängt. Davon wäre Dad sicher nicht begeistert."
Ich starrte noch immer auf den Bildschirm und bemerkte zunächst gar nicht, dass Malte mich beobachtete. Bis er mich anstieß.
„Jetzt hol' dir einen Stuhl!", meinte er grinsend.

---

* blur – girls and boys

Ich zog mir den Stuhl, auf dem seine Klamotten lagen, heran. Ich hatte noch nie vorher gesehen, wie zwei Männer Sex hatten, nur in Magazinen. Gott, und diese Typen hier waren echt yummy! Das war etwas völlig anderes als der Kram, den ich mir bei Alex hatte anschauen müssen.
„Kannst du das runterladen und auf CD brennen?", fragte ich leise.
„Ja", flüsterte Malte verzückt, um mich zu verarschen. Er fand meine Faszination offenbar sehr amüsant. Das war mir aber im Moment egal – ich wollte diese Videosequenzen (denn viel mehr war es nicht) unbedingt auf CD, damit ich sie auf meinem PC ansehen konnte.
Glücklicherweise hatten wir seit ein paar Monaten eine Flatrate – und so konnten wir uns ohne Herumgenörgel unserer Eltern viele Sachen aus dem Internet downloaden.
Ob sie allerdings damit einverstanden gewesen wären, dass Malte mir pornographische Filme aus dem Netz zog, da hatte ich so meine Zweifel. Aber sie würden es ja nicht erfahren ... (hoffte ich, denn unser Dad hatte ziemlich viel Ahnung von Computern, da er einer der wenigen Internetfahnder war, die zum Beispiel rechtsradikales Zeug oder Kinderpornographie im Netz aufspürten).
Normalerweise kontrollierte er Malte und mich auch nicht, wenn wir im Internet surften; aber wenn er hätte wissen wollen, was wir uns so ansahen, hätte er es sicher rausgekriegt. Mir wäre das peinlich gewesen – auf der anderen Seite sah sich doch wohl fast jeder so'n Kram im Netz an. Oder?
Malte jedenfalls begann, die Filmchen runterzuladen. Und ich wollte nicht aufstehen, weil ich meinerseits einen stehen hatte. Und selbst wenn Malte mein Bruder war, das sollte er nicht unbedingt sehen – auch wenn er es wusste. Klar wusste er das!
„Guck mal die!" Er deutete auf drei Typen, die sich miteinander vergnügten. „Voll das Stecksystem ..."
Darüber musste ich lachen. Irgendwie beruhigte es mich, dass Malte schwulen Sex nicht ekelig oder abstoßend fand.
„Das dauert jetzt erst mal", sagte Malte und wandte sich vom Bildschirm ab.
„Sag mal, lädst du dir öfter so was runter?", fragte ich ihn.

Er zuckte mit den Schultern. „Manchmal."
„Ich dachte, du ... jetzt wo du mit Nicky zusammen bist ... ich meine, da hast du es ja sozusagen *live* ..."
Malte sah mich erstaunt an. „Das ist was anderes!"
„Wieso? – Du schläfst doch mit ihr, oder nicht?"
„Nein, noch nicht richtig", erklärte er offen. „Sie ist doch auch erst 15, und ich bin ihr erster ernsthafter Freund."
Ich zog die Augenbrauen hoch. „Ihr habt noch gar nicht richtig ...?
„Nein, echt nicht!", versicherte er.
„Hätte ich nie gedacht." Und das stimmte. Irgendwie war ich davon ausgegangen, dass Malte und Nicky miteinander schliefen. Ich kannte ja meinen Bruder!
„Man muss ja nichts überstürzen. Aber ich hoffe natürlich, dass sie mich nicht mehr allzu lange hinhält." Er grinste. „Auf der einen Seite kann ich sie ja verstehen, aber auf der anderen Seite weiß ich nicht genau, worauf sie wartet."
„Auf den richtigen Moment vielleicht?"
Malte stützte sein Kinn in seine Hände. „Du meinst, auf *den* perfekten Zeitpunkt? Mit Kerzenschein und romantischer Musik?" Plötzlich lachte er. „Dann kann ich wahrscheinlich nicht ..."
Ich grinste ihn an. *Das* konnte ich mir bei Malte nun überhaupt nicht vorstellen!
„Ist doch komisch, oder? Jungs wollen immer so früh wie möglich, und Mädels wollen sich immer Zeit lassen ..."
„Das kannst du nicht verallgemeinern", behauptete ich.
„Trifft vielleicht nicht auf JEDEN zu, aber so eine Tendenz, meine ich, kann man schon erkennen."
„Vielleicht liegt das an der Gesellschaft? Ich meine, Mädchen, die ständig mit anderen Typen ins Bett gehen, sind doch nach wie vor Schlampen ..."
Malte nickte. „Ja, merkwürdig, nicht? Da hat sich noch nicht viel dran geändert!"
„Eine Bekannte von Nicky meinte mal, man würde seine Beziehung aufs Spiel setzen, wenn man zu früh miteinander schläft", sagte ich und lehnte mich zurück. „Verstehst du das? – Sie meinte, man würde zu schnell *alles* geben!"

„Für wen soll man sich denn aufsparen? Wenn es doch Spaß macht ...“, fragte Malte. „Außerdem kann man Beziehungen doch nicht künstlich in die Länge ziehen! Wenn's nicht klappt, dann bleibt man doch auch nicht länger zusammen, nur weil man noch keinen Sex hatte. Das ist doch erzwungen! Entweder es läuft oder es läuft nicht. Ist dasselbe im Bett. Finde ich zumindest.“
„Dann hoffe ich mal, dass es mit Nicky und dir im Bett gut klappt“, bemerkte ich ein wenig spöttisch.
„Nicht, dass du denkst, ich würde sie sonst sofort in den Wind schießen! So meinte ich das nicht“, schwächte er seinen Standpunkt ab. „Ich mag Nicky wirklich sehr! Aber ich hätte auch nichts dagegen, wenn wir richtig guten Sex haben.“
Seine Zähne blitzten auf, als er grinste. „So, deine CD ist fertig.“
Ich riss sie ihm fast aus der Hand.
„Viel Spaß und viel Erfolg“, brüllte er hinter mir her.
Die Geschichtshausaufgaben waren vergessen, als ich die Tür hinter mir abschloss und den PC hochfuhr. Soviel dazu ...

Nachtrag:
Später am Abend dachte ich noch einmal über das Thema nach. Warum mochten die Mädchen, die ich kannte, eigentlich keine Pornos? – Nach meinen Erfahrungen lag das klar auf der Hand. Die wenigsten Sexfilme sprachen Mädchen oder Frauen an. Genauso wenig wie sie mich angesprochen hatten ... Mir war echt übel geworden bei dem Film, den ich bei Alex gesehen hatte. Und wahrscheinlich erging es Nicky ebenso. Sie hatte einfach noch nicht das Richtige gesehen. Ich beschloss, mich noch einmal mit ihr über das Thema zu unterhalten ...
Es klopfte an meiner Tür, und allein an dem Geräusch konnte ich erkennen, dass es mein Dad war.
„Ja, komm rein“, sagte ich leise. Jetzt kam es also, das unvermeidliche Gespräch über gestern.
Mir graute davor.
Mein Vater kam rein und lehnte sich von innen gegen die Tür. „Und?“
Ich sah ihn an, versuchte seinem forschenden Blick

standzuhalten, aber das schaffte ich natürlich nicht.
„Es war totaler Schwachsinn, dass ich gestern soviel getrunken hab“, begann ich. „Kommt nicht wieder vor.“
Er musterte mich. „Schöner Text, Robbie. Aber da glaub ich nichts von.“
Ich hob den Kopf wieder. „Was willst du hören?“
„Eine Erklärung“, sagte er langsam. „Und was du getrunken hast.“
„Cola mit Wodka“, antwortete ich. Aber – was war der Grund gewesen?
„Wodka, ja? – Robbie, verdammt, du bist erst 15! Manchmal denk ich, du bist irgendwie verrückt ...“ Das tiefe Grollen in Dads Stimme ließ mich zusammenzucken. Diesmal hatte ich es wohl etwas zu weit getrieben.
„Tut mir leid“, murmelte ich kleinlaut.
„Das mit dem Rauchen spricht schon nicht für besondere Intelligenz, aber so was wie gestern ... und dann noch mit dem Rad nach Hause fahren. Kann echt nicht wahr sein!“
Ich starrte angestrengt auf meine Schuhe.
Er holte einmal tief Luft. „Beim nächsten Aussetzer kommst du nicht mehr ungeschoren davon, mein Freund. Hast du das gehört?“
„Ja.“ Am liebsten hätte ich mich in Luft aufgelöst.
„Okay. Behalt es im Hinterkopf.“ Damit verließ er mein Zimmer wieder.
Puh, das war haarscharf gewesen ...

IX

obsessions in my head ...

Wir trafen uns alle an der Bushaltestelle vor unserer Schule. Meine Lust auf dieses pädagogische Wochenende bewegte sich um den Nullpunkt. Das einzig Positive war, dass ich Yan in meiner Nähe hatte. Allerdings hing der die ganze Zeit mit Bennys Clique rum.
Ich beobachtete ihn aus den Augenwinkeln und stellte fest, dass

er heute ziemlich aufgedreht wirkte. Er trug eine dunkle Hose mit etwas Schlag (damit war er der Einzige in Bennys Clique, der eine Schlaghose trug) und ein graues Kapuzenshirt, und sein Gesicht leuchtete richtig. Ich hatte keine Ahnung, warum, aber es machte ihn noch attraktiver für mich. In seinen dunklen Haaren entdeckte ich vereinzelte goldbraune Strähnchen. Das sah hinreißend aus!
Der Bus hielt vor unserer Nase und wir stiegen ein. Sven, schwarz wie die Nacht und sogar geschminkt, packte mich am Arm und zog mich neben sich.
„Los, von Heydt, hock dich her."
Ich hatte nichts dagegen einzuwenden. Überhaupt mochte ich Svens körperliche Nähe – sie war mir nie unangenehm.
„Gehst du mit Phil und mir auf ein Zimmer?"
„Ja, klar." Insgeheim hatte ich gehofft, mit Yan auf ein Zimmer zu kommen. Aber da hätte ich ihn wohl fragen müssen. Außerdem hatte er sich sicher schon bei Benny einquartiert.
Nicky und Janine saßen im Bus direkt hinter uns. Sie kicherten und alberten herum; die Stimmung war ziemlich ausgelassen – bis auf meine.
„Was machste für'n Gesicht?", fragte Sven auch prompt.
Ich wich ihm aus. „Bin etwas mies drauf zur Zeit. Ist wohl nur eine Phase."
„Hast du vielleicht deine Tage?" ,fragte er.
Ich starrte ihn an, als hätte er nicht mehr alle Tassen im Schrank.
Sven sagte nichts mehr dazu. Wir unterhielten uns eine Weile über Belanglosigkeiten, dann steckte ich mir die Stöpsel von meinem Discman in die Ohren und hörte Musik.
Wir fuhren ungefähr eine Stunde bis zur Jugendbildungsstätte. Sie lag ziemlich ländlich hinter einem kleinen Wald. Bis zum nächsten größeren Ort waren es sicher fünf, sechs Kilometer. Einige motzten schon jetzt darüber, aber Hellmann und Kerk, unser Sportlehrer (ein relativ junger Typ, mit dem ich immer gut klar kam), hatten dieses Haus wohl absichtlich ausgewählt. Damit sich niemand verpissen konnte ...
Als erstes bezogen wir unsere Zimmer. Sehnsüchtig sah ich hinter Yan her, der mit Benny, Kevin und Arne in einem Zimmer verschwand. Was hätte ich dafür gegeben, mit ihm im

gleichen Raum zu schlafen, ihm heimlich zusehen zu können, wenn er sich auszog ...

Ich teilte mir das Zimmer mit Sven und Philipp, den beiden Gothics. Das war okay. Sven mochte ich ja sowieso und auch gegen Phil hatte ich nichts.

Die Zimmer waren ziemlich spärlich im Jugendherbergsstil eingerichtet, aber wenigstens waren die Matratzen nicht schon so ausgelegen. Aus unserem Fenster konnte man den Wald sehen.

Philipp klopfte mit der Hand auf eine der Matratzen. „Wer hier wohl schon alles reingewichst hat ...“ Er rümpfte die Nase.

Sven und ich lachten.

Die Waschräume und Duschen waren sauber, aber echt alt. Philipp bezeichnete sie als „Zumutung“.

Lange Zeit hatten wir nicht auf den Zimmern, denn Hellmann und Kerk waren ganz wild darauf, mit ihren pädagogisch „wertvollen“ Spielchen zu beginnen. Unterstützt wurden sie von einer Schlabberpulli und Birkenstock tragenden Pädagogin. Allein der Gedanke, dass sie uns später was über Sex und Verhütung erzählen würde, war ein Brüller!

Sven stieß mich an. „Die ist doch selbst das beste Verhütungsmittel – bei der kriegt keiner einen hoch!“

Wir grinsten uns an.

Aber der Vormittag verlief erst mal ziemlich unspektakulär mit Kennenlernspielchen, wie ich gesagt hatte. Natürlich brachte ich meinen Spruch nicht – dazu war ich viel zu feige! Wir warfen Wollknäuel durch die Gegend und machten damit Netzwerke, wir führten uns blind durch den Raum und bildeten Kleingruppen, in denen wir darüber reden sollten, was wir thematisch an diesem Wochenende erfahren wollten. Verrückt, so was!

Ich war mit Janine, Nicky, Sven und Philipp in der Gruppe und trotzdem alberten wir herum. Wir waren viel zu gehemmt, als dass wir so was „ernsthaft“ hätten angehen können.

Zum Glück gab’s erst mal eine Pause, aber danach mussten wir vortragen, was wir so erarbeitet hatten. Das alles war „höchst sinnvoll“ und wir lachten uns halb tot.

Nach einem nicht besonders schmackhaften Mittagessen (und

das ist noch untertrieben) ging es dann mit Spielen und Übungen weiter. Wir sprachen über Verhütung und Geschlechtskrankheiten und mussten alle ein Kondom über einen rosafarbenen, ziemlich echt wirkenden Dildo ziehen, der mit einem Saugnapf am Tisch befestigt war.
Na ja, irgendwie war es schon ziemlich witzig zu beobachten, wie Benny sich abmühte, diesem Kunstpimmel ein Gummi überzustreifen. Es kostete mich echt Überwindung, nicht laut loszulachen.
„Haan, wenn du so rabiat bist, wird er sicher nicht lange hart bleiben", witzelte Sven.
Die anderen prusteten laut los.
Benny warf ihm einen bösen Blick zu.
Aber er stellte sich wirklich so ungeschickt an, dass jeder sehen konnte, dass er es noch nie bei sich selbst versucht hatte. Selbst die schüchternsten Mädchen kriegten das besser hin – auch wenn sie einen roten Kopf bekamen.
Als Yan an der Reihe war, sah ich weg. Den Anblick hätte ich unmöglich ausgehalten, ohne einen Steifen zu kriegen. Und das musste hier ja wohl nicht sein ...
Nach diesem „Latten-Terror" (wie Nicky es nannte) kam die Hellmann wieder an. Sie hatte sich bei der Kondom-Geschichte diskret zurückgezogen – wer weiß, vielleicht war das selbst ihr zu peinlich ...
„So, jetzt machen wir ein Spiel, in dem es darum geht, dass ihr eure Mitschüler wertschätzt", sagte sie und erklärte noch genauer, was sie unter „Wertschätzung" verstand und warum das so wichtig war, blabla. Das war auch unverfänglicher als die Sache mit den Präsern ...
Die Hellmann war richtig aufgedreht – und mir drehte sich der Magen um. Einige murrten. Doch die Pädagogin unterstützte unsere Klassenlehrerin hochmotiviert.
„Ja, wenn die Musik ausgeht, findet ihr euch bitte zu zweit zusammen und sagt euch etwas Nettes – also was Positives, ja?!"
Klar, positive Energie ... *feel the vibration ...*
Ich verzog das Gesicht, als sie die Musik anmachte. Es war schreckliche Chartsmucke – und darauf stand ich nun gar nicht.

Lustlos trotteten wir im Raum umher, bis die engagierte Pädagogin die Geräuschkulisse ausschaltete. Und ich stand vor – Janine. Aufatmen.
Sie: „Du bist ein hübscher Junge."
Ich: „Ich kann mit dir über alles reden." Fast, fügte ich in Gedanken hinzu.
Wieder Musik. Nächster Halt. Ich traf auf Benny. Nur mit Mühe verhinderte ich eine Gesichtsentgleisung.
Ich: „Du bist ein guter Sportler." Lahm. Aber unverfänglich.
Er: „Ach nee."
Ich wartete. Und er überlegte offensichtlich angestrengt, was er sagen sollte. Das war ja super, dass ihm nicht einmal eine positive Eigenschaft zu mir einfiel! Dann: „Du ... ähm ... hast'n guten Draht zu Mädchen."
Ich zwang mich zu einem spöttischen Lächeln. „Tja ..."
Zum Glück setzte die Musik wieder ein.
Als nächstes traf ich auf Sven. Der warf sich vor mir auf die Knie und brüllte: „Du bist ein göttlicher Gitarrist! Lass mich deine Füße küssen!"
Die anderen drehten sich zu uns um und grölten los. Ich zog ihn – ebenfalls lachend – wieder auf die Beine. Aus den Augenwinkeln sah ich wie die Hellmann verstört den Kopf schüttelte. Die verstand sicher die Welt nicht mehr. Und Sven war ihr sowieso unheimlich, denk ich.
Ich sagte: „Du bist extravagant."
„Natürlich, mein Süßer", näselte er.
Charts. Loslatschen. Halt. – Ich war noch richtig guter Stimmung. – Dann kam der Schock!
Yan.
Doppelschock.
Er musterte mich intensiv.
Was – zur Hölle – sollte ich sagen? Oder machte er den Anfang?
Er sagte nichts – und die Zeit lief davon. Gleich würde die Musik wieder einsetzen. Wir konnten doch nicht einfach stumm voreinander stehen?! Es gab 1000 positive Sachen, die ich zu ihm sagen konnte. Und was sagte ich? – „Ich ... will dich küssen."
Er grinste. „Aha."

Und als ich realisierte, was ich da eigentlich gesagt hatte, wurde mir akut schlecht. Ich presste meine Hand vor den Mund und rannte raus.
Mein Gott, was hatte ich getan? Ich rannte über den Flur Richtung Toiletten und schaffte es gerade noch bis zum Waschbecken, in das ich mich dann geräuschvoll übergab. Glücklicherweise war mein Magen so gut wie leer. Das Würgen tat weh, aber vielleicht war das gut so. Ich hatte mich unsäglich blamiert und konnte nur hoffen, dass er *das* niemandem erzählen würde. Das wäre mein Untergang!
Als ich mir den Mund ausspülte, trat Nicky hinter mich. „Was ist los? Bist du krank?“
Ich schüttelte den Kopf. „Nein, mir war nur auf einmal schlecht.“
Nicky lehnte sich gegen das Waschbecken. „Auf einmal, ja? Hat wohl nicht zufällig was mit Yan zu tun?“
Erschrocken drehte ich mich um. „Psssst! Das darf keiner wissen!“
Sie nickte wissend. „Also hab ich recht, ja?“
Ich seufzte und rieb mir mit den Händen durchs Gesicht. Sie waren kalt vom Wasser – das machte mich ein wenig klarer.
„War ein bisschen peinlich die Aktion, was?“
„Dass du auf einmal rausgerannt bist? – Nein, die anderen denken doch jetzt, dir wäre einfach so schlecht geworden. Kann ja schon mal vorkommen, oder?“
„Ja, wenn man schwanger ist“, murmelte ich und trat einen Schritt auf sie zu. Es war ja schon beruhigend, dass die anderen nichts mitbekommen hatten, aber ...
„Yan wird sich schon seinen Teil denken“, sagte ich sehr leise.
Nicky verstand nicht, was ich meinte – und ich hatte nicht vor, sie darüber aufzuklären. Gott, sie musste ja nicht alles wissen.
„Kommst du jetzt wieder mit rein?“
Ich schüttelte heftig den Kopf. „Ich muss erst mal an die frische Luft. Die Party heute Abend wird schlimm genug werden.“
„Du siehst alles viel zu schwarz, Robbie. – Aber okay, ich sag der Hellmann Bescheid.“ Damit drehte sie sich um und verließ den Waschraum.
Ich ging ungefähr eine Stunde lang spazieren und dachte nach.

So lange, bis mir der Kopf rauchte und ich doch keine Lösung für mein Problem gefunden hatte. Ich hatte mittlerweile sechs Zigaretten durchgezogen und war schon ganz dröhnig. Und dann noch diese alberne Klassenparty heute Abend ... Da konnte ich Yan gar nicht aus dem Weg gehen; und das wollte ich doch – verdammt noch mal – auch gar nicht! Aber jetzt konnte ich ihm auch nicht mehr in die Augen sehen. Nicht nach diesem peinlichen Geständnis. Ich kam mir vor wie ein Vollidiot!
Als ich zurück zur Jugendbildungsstätte kam, war gerade Pause. Yan stand draußen vor der Tür und versuchte, sich eine Zigarette anzuzünden. Doch sein Feuerzeug streikte offensichtlich. Mann, das war meine Chance! (Nicht, dass ich eine hätte haben wollen, aber egal ...) Jetzt konnte ich nicht kneifen. Er hatte mich bereits kommen sehen und wusste schließlich, dass ich auch rauchte. Mein Herz raste wie ein wild gewordener Hamster.
Verärgert starrte Yan auf sein Feuerzeug – dann sah er mich abwartend an.
„Feuer?“, fragte ich, weil mir nichts Gescheites einfiel. Gott, was dachte er bloß von mir? Vielleicht hatte er meinen Kommentar von eben auch als Scherz aufgefasst?!
Er nickte ein wenig ungeduldig. „Meins hat wohl den Geist aufgegeben. So’n Mist! Das war ein Geschenk von meinem Cousin aus Frankfurt ...“
Ich starrte auf das Feuerzeug in seiner Hand, ein schönes, altes, silbernes Benzinfeuerzeug mit einem filigranen Spinnennetz darauf.
„Ist vielleicht nur leer?“ Ich gab ihm Feuer.
Er schüttelte den Kopf. „Nee, ist wohl im Arsch. Hatte schon mal so eine Macke. Ist echt ärgerlich ... Scheiße ...“
Ich wollte gerade noch etwas sagen, da gesellten sich Arne und Kevin zu uns. Mist.
„Na? Was ist los?“, begann Arne.
Ich verdrehte die Augen. Was sollte so eine Frage? War gleich „was los“, wenn Yan sich mal mit mir unterhielt? War wohl nicht normal, sich mit anderen Leuten aus der Klasse zu unterhalten, die nicht in der Clique waren ... Und Yan begann tatsächlich gleich, sich zu rechtfertigen, was mich maßlos ärgerte.

„Robin hat mir Feuer gegeben. Mein Feuerzeug ist wohl kaputt!"
Ich biss die Zähne zusammen, um nicht irgendeinen Kommentar abzulassen.
„Na dann ..." Ich drehte mich um und ging. Mit denen wollte ich echt nichts zu tun haben.
Aus der Entfernung hörte ich noch so etwas wie „Muttersöhnchen" ... Arrogante Schwachköpfe! – Und dann stellte ich mir vor, dass Yan ihnen erzählte, was ich ihm gesagt hatte. Das hatte zur Folge, dass ich schnellstens die Kurve kratzte.
Im Eingangsbereich der Bildungsstätte, die eigentlich ganz annehmbar war, traf ich auf Frau Hellmann, die mich gleich besorgt musterte.
„Robin? Geht es dir besser?"
„Ja, danke. Der Spaziergang hat mir ganz gut getan." Und das entsprach ja auch im großen und ganzen der Wahrheit.
„Willst du dich denn hinlegen?"
Ich dachte einen Moment darüber nach. „Ach nein, es geht schon wieder."
„Du musst Bescheid sagen, wenn es dir nicht gut geht, ja?" Frau Hellmann machte sich wirklich Gedanken. Aber vielleicht hatte sie auch nur Angst, dass ich die Klasse mit irgend einem Magen-Darm-Infekt anstecken könnte. Und dass dann die Klassenarbeit in der nächsten Woche verschoben werden müsste.
Ich nickte. „Ja, ich sag dann, wenn's nicht mehr geht." Ich drückte mich an ihr vorbei.
Dieses Wochenende war bisher wirklich alles andere als angenehm. Bis auf die Tatsache, dass ich Yan Feuer geben durfte! Das war natürlich schon mal ein Fortschritt. Das ANDERE verdrängte ich lieber.
Auf dem Weg in mein Zimmer stellte sich mir dann noch Michelle in den Weg. Himmel ...!
„Hallo Robbie ... äh, ich wollte nur fragen, ob es dir besser ... äh, geht?"
Ein wenig zweifelnd sah ich sie an. „Ja, danke." Was hatte das jetzt zu bedeuten?
„Ja, ... weil ich ... äh, hätte sonst was gehabt ... gegen ... äh,

Magenverstimmung.“
„Danke, ich bin aber nicht verstimmt“, sagte ich irritiert. Und ich fragte mich wirklich, warum sie mich angesprochen hatte. Michelle war ein ganz hübsches, zierliches Mädchen, das superstill war und eigentlich nichts mit mir zu tun hatte. Sie war schüchtern, nett und unaufdringlich.
„Dein ... Shirt sieht übrigens echt gut aus ...“
Ich sah an mir runter; ich trug mein schwarzes Kapuzenshirt mit dem suede Schriftzug auf dem Rücken.
„Danke.“
„Kommst du heute Abend auch ... zur Party?“
Ich zuckte mit den Schultern. „Denke schon, aber sicher weiß ich das noch nicht. Mal sehen, wie es mir dann geht ...“
Sie nickte langsam und mir wurde allmählich klar, warum sie mich so ausquetschte. Und wenn ich mit meiner Vermutung richtig lag, dann war das jetzt eine weitere Komplikation.
„Ich ... würde mich jedenfalls freuen, wenn du kämst.“ Sie wurde rot.
„Ja, echt?“, sagte ich, und dachte: *Nein, nicht das auch noch ...* Irgendwie musste ich da rauskommen. Ich hatte jetzt nicht den Nerv, mich mit ihr zu unterhalten. Und schon gar nicht – zu flirten!
„Du, ich muss mich noch eine Runde hinlegen. Wir sehen uns dann ja wahrscheinlich heute Abend.“
Fast erschrocken trat sie beiseite, so dass ich an ihr vorbeikonnte. „Ja, k ... klar. Bis heute Abend dann.“ Fluchtartig lief sie den Gang entlang und verschwand über die Treppe nach unten.
Ich verkroch mich in meinem Zimmer, froh, dass die beiden anderen Jungs nicht da waren. Für den Nachmittag waren ja auch noch Veranstaltungen angesagt. Zum Glück erwartete niemand von mir, dass ich daran teilnahm. Ich hätte mir selbst in den Arsch treten können. Warum zur Hölle hatte ich so etwas zu Yan gesagt? Ich musste völlig den Verstand verloren haben!
Ich trat meine Schuhe aus und legte mich mit meinem Discman auf das Bett. Vielleicht konnte mich die Musik ein wenig beruhigen? Normalerweise half sie mir, einfach mal abzuschalten. An nichts denken. Das brauchte ich jetzt.

Die CD hatte mir Malte gebrannt – einmal quer durch seine CD-Sammlung.
Eine gemischte CD oder Kassette aufzunehmen, ist eine Kunst. Man muss sehr genau überlegen, welche Songs in welcher Reihenfolge zueinander passen. Aber vielleicht verstand das nur jemand, für den Musik so viel bedeutete wie für mich?! – Mir fiel der Film „High Fidelity" wieder ein, da gab es eine Szene, in der John Cusack sich über die Schwierigkeiten ein Tape aufzunehmen auslässt. Die Erinnerung daran brachte mich zum Lächeln. Ich mochte englische Filme und englische Musik.
Malte bevorzugte härtere Sachen. Rammstein zum Beispiel – und von denen hatte er mir auch einen Song aufgenommen – „Du riechst so gut". Ich dachte an Yan und bekam eine Gänsehaut. Wie Yan wohl riechen mochte? Wenn ich ihm ganz nah kam ...
Mit geschlossenen Augen ließ ich mich treiben. Nach Rammstein kamen die Krupps, dann In Extremo und bei Zeromancer wäre ich fast eingenickt, hätte mich nicht jemand am Arm berührt. Erschrocken fuhr ich hoch. Es war Janine.
„Robbie? Was ist los mit dir?"
Ich zog die Kopfhörer aus meinen Ohren und versuchte, meinen Herzschlag wieder zu normalisieren.
„Meine Güte, willst du mich umbringen?", fragte ich sie ein wenig barsch.
„Nein – tut mir leid, dass du dich erschreckt hast. Aber ich will jetzt mal endlich von dir wissen, warum du dich so merkwürdig benimmst!"
Ihr entschiedenes Auftreten überraschte mich. Sie war sonst so sanft und still.
„Nicky will es mir nämlich nicht erzählen! Sie meinte, ich sollte dich selbst fragen ..."
Oh, da hatte ich wohl einen strategischen Fehler gemacht. Wenn man zwei Freundinnen hat, sollte man nicht der einen etwas erzählen und der anderen nicht. Ich setzte mich auf. Das Problem war, dass ich im Moment überhaupt keine Lust hatte, mich zu unterhalten und schon gar nicht über Yan!
„Ist heute Nachmittag nicht irgendwas angesagt?"
„Versuch nicht, mir auszuweichen", sagte sie ernst. „Du weißt

doch, dass du mir vertrauen kannst!"
Ich nickte langsam. Also gut ... bevor sie mit Folter drohte ...
„Ich glaube, ich bin verliebt."
Janines Augen weiteten sich. „Echt?"
Ich sah, wie es in ihrem Kopf anfing zu arbeiten. Damit hatte sie wohl nicht gerechnet.
„Jemand aus unserer Schule?"
„Ja, in der Tat." Und bevor sie mich weiter ausfragen konnte, sagte ich: „Es ist Yan."
„Welcher denn? Ich kenne mindestens vier." Und dann wusste sie es plötzlich. Ich weiß nicht, ob sie es in meinen Gedanken gelesen hatte.
„Yan? *Der* Yan aus unserer Klasse?"
Ich nickte still. Ihre Überraschung zeigte mir, dass sie in etwa das gleiche dachte wie Nicky: Yan ist nicht schwul – und seine neuen Freunde waren sicher nicht der beste Umgang, wenn es um Toleranz ging.
Janine zog sich einen alten Holzstuhl heran und setzte sich mir gegenüber. „Du meinst das ernst, oder? Du willst mich nicht verarschen?"
„Nein, ich meine das leider ernst", fauchte ich.
Sie berührte mein Knie, um mich zu besänftigen. „Er sieht schon gut aus, der Yan ... Hast du es ihm schon irgendwie ... gesagt?"
Ich schlug die Hände vor mein Gesicht. Mein Gott, ja, das hatte ich ... und wie blöd!!
„Ja", flüsterte ich. „Und das war ein Riesenfehler ..."
„Wieso, was hat er denn gesagt?"
Ich schüttelte den Kopf und starrte sie an. „Nichts ... Ich weiß es nicht. – Janine, ich habe mich schrecklich blamiert! Verstehst du das?"
„Na ja, ich weiß nicht. Nein, nicht wirklich. Hm, aber irgendwie glaube ich auch nicht, dass Yan eine Anmache von einem Jungen als Kompliment auffasst", sagte sie vorsichtig.
„Du meinst auch, dass er nicht schwul ist, oder?"
Sie zuckte mit den Schultern. „Keine Ahnung, kann ich nicht einschätzen. Er ist schon ziemlich ... *stylish*. Aber ob er auf Jungs steht ... Jedenfalls kannst du dich hier nicht die ganze Zeit verkriechen! Davon wird es ja auch nicht besser. Und

herausfinden wirst du es so auch nicht."
Sie stand auf und wartete, dass ich mich ebenfalls erhob. Doch ich starrte sie weiterhin nur an. „Ich weiß nicht, ob du das nicht begreifen willst", begann ich langsam, „aber ich bin in einen *Jungen* verliebt. Und der ist wahrscheinlich nicht schwul. – Wenn ich Pech habe, wird er das, was ich ihm eben gesagt habe, seinen neuen Kumpels erzählen und dann sehe ich ganz alt aus ..."
„Das glaube ich nicht!", rief Janine empört. „Und was meinst du mit *alt*? Keiner würde dir was tun!"
Ungläubig sah ich sie an. „Bist du wirklich so naiv?"
Ich ging nicht mit ihr, sondern legte mich wieder in mein Bett und hörte weiter Musik. Sie konnte sich einfach nicht vorstellen, wie das war, wenn man nicht so wie die anderen war. Ich war nun mal schwul. Sie nahm das locker und Nicky auch ... und auch mein Bruder Malte fand es selbstverständlich, dass ich auf Jungs stand. Warum also sollten nicht alle anderen auch so denken? – Ich hätte es mir ja gewünscht, aber ich wusste, das es nicht so war. Und vielleicht würde es nie so sein. Ich war damit ein Außenseiter – und ich brauchte mir nichts anderes vorzumachen. Es war doch blödsinnig zu glauben, die Gesellschaft (wer immer das auch ist) hätte jetzt urplötzlich keine Vorurteile mehr, nur weil sich ein paar Gesetze geändert hatten! Und auch die Leute, die mich mochten und mich so akzeptierten, wie ich war, sahen mich als Robbie-den-Schwulen und nicht einfach als Robbie-nichts-weiter. Das hatte ich schon oft genug erlebt – und ich konnte froh sein, dass ich in der heutigen Zeit lebte. Verdammt froh.
Nun, froh war ich im Moment allerdings nicht. Ich fühlte mich leer und frustriert. Und ich hatte keine Ahnung, wie ich dieses Gefühl bekämpfen konnte. Und ich wollte es auch gar nicht bekämpfen. Ich wollte es in mir aufnehmen und mit ihm verschmelzen.
Der Gedanke an heute abend machte mir Bauchschmerzen. Aber ich würde mich nicht drücken können. Spätestens heute abend nahmen Nicky und Janine wieder die Zügel in die Hand. Und dann musste ich mich IHM stellen. Mir zitterten jetzt schon die Knie.

X

... don't connect with my intellect

Ungeduldig standen Nicky und Janine in unserem Zimmer.
„Robbie – warum dauert das denn so lange?" Nicky stöhnte.
Ich hörte was von: „Und da soll noch mal einer behaupten, Mädchen bräuchten lange, um sich fertig zu machen ..."
Ich überhörte diese Bemerkung geflissentlich und suchte mir ein enganliegendes Shirt mit dem Aufdruck „beautiful loser" aus meiner Reisetasche.
„Die Party ist sicher zu Ende, ehe wir da auftauchen", brummte Nicky.
Ich zog meinen Pullover aus und das Shirt an.
„Und?" Ich drehte mich zu den beiden um.
„Du siehst umwerfend aus", sagte Janine, und ich hörte an ihrem Tonfall, dass sie es ernst meinte.
„Danke. Hoffentlich findet ER das auch", murmelte ich.
Zusammen machten wir uns auf den Weg in den Keller des Gebäudes, wo sich der Partyraum befand. Normalerweise waren solche Räume echt ein Witz – genauso wie die meisten Klassenparties! Und ich konnte mir nicht vorstellen, dass nun gerade unsere Klasse etwas Vernünftiges zustande bringen würde. Aber als ich Sven bei der Musikanlage sah, besserte sich meine Laune erheblich. Er würde sich zwar nicht den ganzen Abend dort halten können – aber zumindest am Anfang war die Musik gerettet.
Wir waren tatsächlich mit die letzten, die den Raum betraten. In einer Ecke, auf so merkwürdigen Sitzwürfeln, hatte sich Bennys Clique breitgemacht. Sie waren wie immer SEHR cool. Mit einem Blick hatte ich Yan entdeckt – er sah absolut atemberaubend aus. Seine langen, schlanken Beine steckten in der braunen Wildlederhose, die er schon zur Schule angehabt hatte; dazu trug er einen schwarzen, ziemlich engen Pullover. Yummy ...!
Janine, Nicky und ich hockten uns erst mal zu Sven. Der war extrem düster geschminkt, hatte sich sogar die Fingernägel

schwarz lackiert.
„Na, hast du die Kontrolle über die Musik übernommen?“, fragte ich ihn.
Er schenkte mir sein vampirisches Lächeln. „Na, erst mal. Wird sich sicher im Laufe des Abends ändern.“ Er deutete mit dem Kopf auf Bennys Clique. „Die wollen sich später zum Saufen in den Wald verpissen. Hab überlegt, ob ich mitgehe, aber die sind mir einfach zu hohl die Typen ...“
Mit Ausnahme von Yan, dachte ich. Dass sie an diesem Abend abhauen wollten, hob meine Stimmung nicht gerade. Da musste ich mir was überlegen, dass ich Yan wenigstens jetzt ein bisschen beobachten konnte.
Nach meinem unüberlegten Geständnis traute ich mich nicht mehr, mich ihm irgendwie zu nähern. Mein Gott, es konnte doch nicht so schwer sein, sich einfach nur mit ihm zu unterhalten! Manchmal kam ich mir vor wie der letzte Vollidiot! – Ein Vollidiot, der in einen Typen verknallt ist, den er quasi gar nicht kennt.
Hellmann und Kerk schleppten eine große Schale mit Bowle herein und Kerk achtete den restlichen Abend mit Argusaugen darauf, dass niemand die Bowle mit Alkohol versetzte.
Trotzdem war die Stimmung erstaunlich gut – es tanzte sogar ab und zu jemand!
Einmal kam Yan auf die Tanzfläche, Sven hatte gerade einen Song von „Muse“ aufgelegt. Ich versuchte, Yan nicht anzustarren, aber das fiel mir verdammt schwer. Er war so schön und er bewegte sich so völlig anders als die anderen Spacken aus meiner Klasse. Arnes Tanzstil sah zum Beispiel so aus als hätte er eine Scharnierhüfte und Kevin tanzte wie kurz vor einem epileptischen Anfall. Katja und Marina führten irgendwelche *Befruchtungsrituale* auf. Aber Yan ... Er schien ganz versunken, tanzte nur für sich. Als er bemerkte, dass ich ihn anglotzte, sah ich schnell weg.
Nicky stupste mich an und deutete grinsend auf Katja und Marina. „Nicht, dass es hier gleich anfängt, zu regnen ...“
Irgendwann später wurde Sven aus seiner DJ-Position vertrieben, obwohl er sich wacker geschlagen hatte.
Aus den Augenwinkeln sah ich, wie Benny, Kevin, Katja,

Marina, Arne und Yan aufstanden und rausgingen.
„Ich muss mal gerade raus", erklärte ich den anderen und folgte Bennys Clique unauffällig. Dass Katja und Marina mit dabei waren, verwunderte mich ein bisschen. Da hatte ich wohl irgendwas an diesem Wochenende nicht mitgekriegt. Egal ...
Sie standen erst mal noch draußen vor dem Eingang und unterhielten sich.
Ich blieb ein wenig abseits stehen (so dass sie mich nicht sehen konnten – aber ich sie!) und zündete mir eine Kippe an. Wo sie wohl hinwollten? Ich hatte nicht vor, mich ihnen anzuschließen und ich wäre auch sicher nicht dazu eingeladen worden – aber ich hatte die fixe Idee, dass ich ihnen einfach folgen würde. Ich wollte in Yans Nähe sein! Vielleicht machte er mit Katja oder Marina rum ... dann wüsste ich zumindest, woran ich war.
Ich überlegte, ob der Schmerz für mich wohl besser zu ertragen wäre als die Ungewissheit, da sah ich Michelle auf mich zukommen. NEIN! Offensichtlich hatte sie gesehen, dass ich allein nach draußen gegangen war – und wollte nun ihre Chance nutzen.
Sie trug einen kurzen Rock, der ihre schlanken Beine sehr vorteilhaft zur Geltung brachte. Ich hatte sie noch nie vorher in einem Rock gesehen – wobei ich dazu sagen muss, dass ich mir Michelle auch nicht jeden Tag so genau begucke.
Sie sah auf meine Kippe.
„Rauchen macht impotent."
Wow, was für eine Anmache ... Ich grinste sie frech an. „Da habe ich ehrlich gesagt im Moment eher das gegenteilige Problem ..."
Sie starrte mich an. Weiter hatte sie ihr Anmach-Programm wohl nicht geplant, denn sie wurde knallrot. Vielleicht dachte sie auch, dass *sie* mich geil machte?! Jedenfalls wurde sie schrecklich unsicher – und das tat mir ein bisschen leid.
Auf der anderen Seite hatte ich durch ihr Auftauchen Yan aus den Augen verloren – denn der war mit seinen Leuten verschwunden. Wahrscheinlich schütteten sie sich jetzt im Wald die Rübe voll.
„Und – wie findest du die Party?", fragte Michelle schüchtern.
Ich ließ die Schultern hängen und zog an meiner Zigarette.

„Ganz okay. Hab's mir schlimmer vorgestellt."
„Wieso *schlimmer*?" Sie sah überrascht aus.
„Na, weil auf den wenigsten Parties Musik gespielt wird, die ich ertragen kann", klärte ich sie auf.
Sie zögerte, dann: „Habt ihr eigentlich mal einen Auftritt mit eurer Band?"
Ich nickte. „Der Termin steht aber noch nicht fest."
Aus den Augenwinkeln suchte ich noch einmal den Waldrand ab – aber Yan und die anderen waren verschwunden. So ein Mist!
„Kommst du gleich wieder mit rein?"
Ich seufzte. Den anderen in den Wald nachzuschleichen, war wohl eine Schnapsidee. Ich sah mich schon im Dunkeln über irgendwelche Äste stolpern. Warum zum Teufel war Michelle hinter mir hergekommen? Sie hatte meinen schönen Plan sabotiert.
Warum nur konnte nichts so laufen, wie man plante? War das vielleicht irgendein Gesetz?
Ich warf noch einen letzten sehnsüchtigen Blick in die Dunkelheit, dann sagte ich: „Ja."
Den restlichen Abend über unterhielt ich mich mit Michelle. Sie war ein wirklich nettes Mädchen und ich brachte es nicht übers Herz, ihr zu sagen, dass ihre Bemühungen bei mir nicht fruchteten. Ich stellte mir sogar vor, wie das wäre, mit Michelle zusammen zu sein und sie zu berühren. Doch es tat sich absolut nichts bei mir. Sie war nett, ich konnte sogar sagen, dass sie ganz gut aussah – aber mehr nicht. Kein Mädchen würde jemals mehr bei mir auslösen; da war ich mir ganz sicher. Auch nicht, wenn sie sich mit mir über die Musik unterhielt, die ich mochte.
Und irgendwann gegen 12 Uhr ging ich ins Bett. Yan hatte ich nicht mehr gesehen. Ich glaubte aber nicht, dass sie noch im Wald waren, es sei denn, sie hatten ein Fenster offen gelassen, durch das sie wieder reinkommen konnten. Wahrscheinlicher war, dass sie ihre Saufparty bei irgend jemandem auf dem Zimmer beendeten.
Ich war total enttäuscht, und diese Enttäuschung machte mich müde.

Ich war schon halb eingenickt, als ich spürte, wie jemand zu mir ins Bett krabbelte. Zuerst raffte ich gar nicht, was los war, dann erschrak ich einfach heftig. Wer – zur Hölle – kam einfach zu mir ins Bett? Sollte das ein Gag sein?
Ich spürte einen heißen Körper neben mir unter der Decke und jemand atmete mich mit einer erstickenden Alkoholfahne an.
„Hee", sagte ich leise. „Was soll das?"
Ein Arm legte sich um meinen Hals und zog mich zu sich heran.
„Wer zum Teufel ...?"
Lippen fanden meinen Mund und erstickten meinen – ohnehin schwachen – Protest. Mein Gott, das war ... das war ... Yan!
Ich wurde ganz weich und leicht und schmiegte mich an diesen fremden Körper. Nach einem langen, nach Bier und Wein schmeckenden Kuss, flüsterte Yan rau: „Das wolltest du doch, oder?"
Ich war sprachlos, presste jedoch ein leises: „Ja" hervor.
Ich war völlig überrascht, um nicht zu sagen, überrumpelt. Warum war Yan hergekommen? Was tat er hier in meinem Bett? Das war verrückt! Vor allem, weil außer uns noch Philipp und Sven im Zimmer waren. Trotzdem hatte ich einen stehen und mein ganzer Körper prickelte vor Verlangen. Und irgendwie war mir alles egal. Nur Yan sollte hier bleiben, bei mir im Bett. Ganz nah, ganz warm. Und ganz real ...
Doch ich konnte nichts tun, konnte nur so daliegen. Es war überwältigend! Und Yans Hände glitten über meinen Körper und unter mein T-Shirt. Ich hielt den Atem an. War das wirklich real? Oder träumte ich? Ich konnte es gar nicht glauben!
Und dann kam mir der schreckliche Gedanke, dass das alles ein abgekartetes Spiel war, dass Yan sich über mich lustig machte. Dass sie mich nur verarschten, dass gleich seine Kumpels reinkamen und mich fertig machten. Ich sah mich schon, wie sie mich nackt unter die Dusche zerrten und verhöhnten. Die Vorstellung ließ mich erstarren. Das hatte er doch wohl nicht vor? So krass war er sicher nicht drauf! Er nicht – aber Benny?! Und seine verrückten Jünger! Wer wusste schon, was sie sich im Wald ausgedacht hatten?! Ich schluckte und wollte Yan gerade von mir wegschieben, als seine Hand in meiner Hose verschwand.

Ups ...
Von da an war ich zu überhaupt keinem vernünftigen Gedanken mehr fähig.
Das war echt der Himmel, der absolute Wahnsinn. Und irgendwie war es verrückt, denn Yan wusste offenbar, was er tat. Und ich hatte ja von nix eine Ahnung ... nur theoretisch ...
Und als ich dann kam – und das war heftig – verhinderte Yan, dass ich laut aufstöhnte, in dem er mir mit einer Hand den Mund zuhielt. Ich dachte für eine Sekunde, ich müsste ersticken. Und irgendwie war ich wohl doch etwas lauter geworden, denn Philipp fauchte verschlafen: „Mann, wichst du etwa?"
Ich sagte nichts, versuchte nur, meinen Atem unter Kontrolle zu bekommen und tat, als ob ich schon schlief. Das fehlte mir auch noch, dass mich morgen alle dämlich angrinsten.
Auch Yan neben mir war ganz ruhig. Ich spürte ihn an meinem Körper, so warm, und seinen gleichmäßigen Atem. Was dachte er wohl gerade?
Er beugte sich über mich und küsste mich sehr sanft.
Wir sprachen kein Wort mehr und irgendwann war ich eingeschlafen.

XI

I'm aching

Als ich am nächsten Morgen aufwachte, war Yan weg. Und ich überlegte fieberhaft, ob ich das alles vielleicht doch nur geträumt hatte. Doch sein Geruch klebte an meinem Kopfkissen. Ich drückte meine Nase in den Stoff, bis ich keine Luft mehr bekam. Yan war tatsächlich hier gewesen. Aber jetzt – war er nicht mehr da! Und ich wusste nicht, wie ich mich verhalten sollte. Immerhin war er in der letzten Nacht eindeutig betrunken gewesen! Was sollte ich bloß tun, wenn ich ihm gleich gegenüber stand? Sollte ich so tun, als wäre nichts gewesen? Was würde er machen? Wir mussten doch darüber reden ... oder nicht? Was, wenn er mich jetzt einfach ignorierte? Was sollte ich dann tun?

Ich quälte mich also langsam aus dem Bett. Vielleicht wäre es besser, wenn ich vorgab, krank zu sein. Dann hatte ich noch eine Chance, das Wochenende heil zu überstehen.
Meine Füße fühlten sich im ersten Moment so an, als wenn sie mich nicht tragen könnten. Es war erschreckend.
Zum Glück hatten Philipp und Sven das Zimmer bereits verlassen. Ich hoffe, dass sie duschen waren ... dann hatte ich wenigstens für den Augenblick noch etwas Ruhe um nachzudenken.
Das Ergebnis des Nachdenkens war relativ unspektakulär: Ich hatte Yan also zu verstehen gegeben, dass ich auf ihn stand, er war betrunken zu mir ins Bett gekrabbelt und hatte mir einen runtergeholt. Dann musste er in der Nacht oder ziemlich früh morgens aufgestanden sein, um sich zu verdrücken. Toll – was sollte ich damit anfangen?
Ich musste unbedingt mit ihm sprechen. Diese Ungewissheit raubte mir den letzten Nerv. Doch irgendwie hatte ich den Verdacht, dass Yan nicht mit mir darüber sprechen würde.
Einigermaßen durcheinander zog ich mich an und schlich in den Waschraum. Glücklicherweise begegneten mir unterwegs nur Janine und Nicky.
„Hey Robbie, guten Morgen! Geht's dir heute besser?"
Ich nickte. „Klar! Mir ging es doch gestern auch gut ..."
Janine sah mit einem zweifelnden Blick zu Nicky. „Ja ... deswegen hast du auch gekotzt, oder?"
Ich spürte, wie ich rot wurde. Mussten sie mich immer in die Enge treiben?
„Sorry, ich muss zum Klo ... und Zähneputzen ..."
Janine nickte. „Beeil' dich aber, sonst kriegst du kein Frühstück mehr."
Nach Frühstücken war mir eh nicht zumute. Überhaupt wurde mir schon wieder schlecht.
„Bis gleich dann, ja?", sagte ich ein wenig zaghaft.
Der Blick, den sie mir zuwarfen, sprach Bände. Sie hielten mich für übergeschnappt.

Beim Frühstück passierte dann das Unvermeidliche: Ich traf

auf Yan.
Und – sonst passierte nichts. Außer, dass meine Knie augenblicklich so weich wurden, dass ich Mühe hatte, stehen zu bleiben.
„Hallo Yan“, sagte ich so leise, dass nur er es hören konnte.
Er musterte mich kurz. „Hi.“ Kein tiefer, sehnsuchtsvoller Blick, kein Blinzeln ... nichts. Überhaupt nichts – nur „hi“. Konnte es sein, dass er sich nicht mehr erinnerte? So einen sturzbesoffenen Eindruck hatte er nicht gemacht. Das konnte nicht sein! Das *durfte* nicht sein.
Ich war total verdattert.
Ich setzte mich an einen der Tische und er setzte sich natürlich woanders hin. Zu Benny und seiner Clique. Ich war wie betäubt. Hatte er mich verarscht?
Mir war kotzübel.
„Du siehst schlecht aus, Robbie“, sagte Michelle neben mir. Mein Gott, warum hatte ich mich ausgerechnet hierher gesetzt?
„Alles okay?“
Ich sah sie an, brauchte einen Moment, um überhaupt reagieren zu können.
„Geht so“, sagte ich. Das Sprechen verursachte einen akuten Würgereiz. Ich versuchte, mich zusammenzunehmen. Beobachtete, wie Yan mit den anderen herumalberte. Es war schlimmer, als ich vermutet hatte. Warum zum Teufel war er in der letzten Nacht in mein Bett gekommen? Das hätte er sich getrost schenken können!
Ich verbrachte den ganzen Tag wie ein Schlafwandler. Es ergab sich überhaupt keine Möglichkeit, mit Yan in Kontakt zu kommen. Er war in einer anderen Kleingruppe und in den Pausen hielt er sich bewusst fern von mir. Das kam mir jedenfalls so vor. Ich war völlig verzweifelt.
Mittags hielt ich es nicht mehr aus und schrieb eine SMS an Malte.
HEY HILF MIR – BIN AM ENDE!
Es dauerte nur ein paar Sekunden, da schrieb er zurück.
WAS IST LOS?
WAR MIT YAN IM BETT; JETZT TUT ER SO, ALS WÄRE NIX GEWESEN.

Ich wartete, doch Malte schrieb nicht zurück. Statt dessen klingelte mein Telefon.
„Du hast WAS gemacht?“, fragte er ohne Einleitung.
Ich sah mich um, ob mich irgend jemand belauschen konnte und ging sicherheitshalber noch ein paar Schritte Richtung Parkplatz.
„*Ich* hab gar nichts gemacht“, sagte ich leise. „Er ist einfach zu mir ins Bett gekrochen ...“
„Und da habt ihr’s richtig miteinander ...?“
„NEIN! Aber ... ach, ist doch egal, was wir gemacht haben. Heute jedenfalls tut er so, als wenn nichts gewesen wäre. Ich konnte noch nicht mal mit ihm reden!“
„Vielleicht kann er nicht reden, weil die anderen immer da sind?“, mutmaßte Malte.
„Quatsch, er hätte schon zig Möglichkeiten gehabt.“
„Und du – was machst du? Hast du denn schon versucht, ihn anzusprechen?“
Ich seufzte. „Ja ... nein, nicht so richtig. – Aber ... er ist so abweisend. Weißt du? Er ... hatte gestern auch schon was getrunken ...“
Malte unterbrach mich stöhnend. „Vielleicht erinnert er sich nicht?“
„Er war angetrunken, nicht total blau!“, beharrte ich. „Mann, er ignoriert mich heute einfach. Ich halte das nicht aus!“
„Robbie – mach dich nicht zum Affen! Wenn er so stur ist, bist du es auch. Vorerst. Mach dich nicht lächerlich – vielleicht wartet er nur darauf!“
Mir traten die Tränen in die Augen. Warteten sie wirklich nur darauf? Wollten sie mich fertig machen? Das wäre so gemein von ihnen! Das konnte doch nicht sein, oder? Yan war gestern so zärtlich gewesen. Das konnte gar nicht sein, dass sie mich verarschen wollten! Oder war es nur Yan, der mich fertig machen wollte?
Ich schniefte leise.
„Robbie? Heulst du?“
„Nein ...“
„Lüg nicht, Mann. – Ist Nicky in der Nähe?“
„Weiß nicht ...“, sagte ich kläglich.
„Wenn du heulst, sieh zu, dass du Yan nicht über den Weg

läufst. Der wartet vielleicht nur darauf! Und wenn Nicky in der Nähe ist, lass dich von ihr in den Arm nehmen. – Robbie? Hast du gehört?"
„Ja ..."
„Bis heute abend, Robbie. Wir sprechen heute abend, ja?"
„Mmh ..."
Ich legte auf und verkrümelte mich in das kleine Waldstück, das hinter dem Parkplatz begann. Es war blödsinnig, mich im Wald zu verstecken. Aber ich musste erst mal abwarten, bis meine Augen wieder abgeschwollen waren. Und das, wo mir immer noch zum Heulen zumute war.
Irgendwie lief alles scheiße.
Dieses Wochenende war der totale Reinfall.

Am späten Nachmittag fuhren wir mit dem Bus zurück. Ich war nur noch frustriert. Irgendwie hatte ich den Eindruck, dass Yan mir aus dem Weg ging. Und das machte mich wütend und traurig. Nicky saß neben mir im Bus und hielt meine Hand. Ich hatte ihr nicht erzählt, was passiert war. Das konnte ich einfach nicht! Aber sie hatte mich in den Arm genommen und getröstet, weil sie sah, dass es mir schlecht ging. Aber offenbar war sie die Einzige, die es bemerkte. Oder sagen wir, Yan schien das jedenfalls nicht zu interessieren.
Ich konnte von meinem Sitzplatz einen Blick auf seinen Hinterkopf erhaschen. Und er drehte sich nicht einmal um. Nicht ein einziges Mal! Das konnte er doch nicht machen! Er hatte mich so was von verarscht ... ich konnte es immer noch nicht glauben. Für ihn war es wohl nur so eine Episode zwischendurch gewesen, dass er in meinem Bett gelandet war. Klar, kann ja schon mal vorkommen ... ups, hab dir versehentlich einen runtergeholt. Weiß auch nicht, wie so was passieren konnte ...
Mir brach es das Herz.
Philipp drehte sich zu uns um und als er sah, dass Nicky meine Hand hielt, fragte er: „Ey, von Heydt – spannst du deinem Bruder die Perle aus?"
Ich hatte eigentlich gar keine Lust, mich zu unterhalten, zwang mich dann aber doch zu einem Spruch: „Wir teilen eben

alles brüderlich."
Nicky schwieg. Sie wusste, wie mies ich mich fühlte.
Zum Glück dauerte die Busfahrt nicht so lange. Ich wollte nur noch nach Hause und dieses Wochenende schnellstmöglich vergessen.
Es war verrückt: Wir hatten zusammen im Bett gelegen – und er sagte mir nicht mal „Tschüß", als ich von meiner Mutter am Parkplatz abgeholt wurde.
So war das eben.
Was hatte ich daraus gelernt? – Dass Sexualität und Liebe offenbar nichts miteinander zu tun haben mussten.

Am gleichen Abend saß ich in meinem Hängesessel und las Skylarks „Craig's little Dawn", als mein Bruder das Zimmer betrat. Dass er mich störte, war nicht so schlimm – ich konnte mich eh nicht konzentrieren. Obwohl mir das Buch wirklich gut gefiel! Aber in Gedanken war ich bei Yan – das war ja klar! Yan ... immer nur Yan.
„Hey Kleiner", begrüßte er mich. „Alles okay?"
Ich sah ihn nachdenklich an. „Ich weiß nicht ... ich glaube nicht."
Malte setzte sich auf mein Bett. „Hast du noch mit Yan *darüber* reden können?"
Ich schüttelte den Kopf. „Nein. Überhaupt nicht. Er ist mir den ganzen Tag aus dem Weg gegangen. Sogar im Bus hat er sich ganz woanders hingesetzt. Ich konnte gar nicht mit ihm sprechen – außer hallo. Ich raff' das echt nicht!"
„Wie geht's dir denn sonst?", fragte Malte zögernd.
Was meinte er? Verständnislos sah ich ihn an.
Er verdrehte die Augen. „Mann, du hast doch gestern zum ersten Mal ..."
Jetzt verstand ich ihn. Mit hochrotem Kopf sagte ich: „Er ... hat mir einen runtergeholt und wir haben etwas herumgeknutscht. Mehr nicht!"
Maltes Blick war durchdringend. „Ich möchte nur, dass es dir gut geht, Robbie!"
Ich nickte. „Okay. Mir geht's scheiße, aber nicht *deswegen*. –

Das war geil!"
Malte lächelte. „Hauptsache."
Ich legte das Buch zur Seite. „Was soll ich jetzt machen? Morgen sehe ich ihn wieder in der Schule – ich kann doch nicht so tun, als wäre nichts gewesen! Es war so schön, ihn anzufassen ... und jetzt ist es nur noch schlimmer! Wirklich, Malte, ich leide Höllenqualen!"
„Vielleicht ist es ihm peinlich oder er hat Angst?", überlegte Malte.
„Wovor?", fragte ich verärgert.
„Vor allem! Vor seinen Freunden, vor dem Schwulsein, vor dem Gerede – was weiß ich?! So weit hergeholt ist die Vermutung doch auch nicht!"
„Nein, das ist natürlich nicht weit hergeholt", gab ich zu. „Aber das ist kein Grund, mich zu ignorieren. Er hätte gar nicht zu mir kommen müssen. Hat ihn doch wohl keiner gezwungen."
Malte zog eine Grimasse. „Wer weiß schon, was in dem Typen vorgeht? Vielleicht solltest du die nächsten Tage noch abwarten, was er so macht."
„Gar nichts ..."
„Vielleicht braucht er Zeit?"
„Ja." Ich seufzte leise. „Tue ich also so, als wäre nichts passiert. Ist ja auch kein Problem für mich!"
„Wer weiß denn eigentlich mittlerweile, dass du schwul bist?"
Ich zog die Beine in den Sessel und schaukelte leicht vor und zurück. „Offiziell nur Janine und Nicky. Von den anderen – glaub ich – keiner. Zumindest hat mich noch niemand darauf angesprochen."
„Das ist aber auch alles kompliziert", sagte Malte. „Aber du weißt ja, wenn irgendwas ist – ich bin immer für dich da." Dann lächelte er mich plötzlich aufmunternd an. „Ich weiß übrigens etwas, das lenkt dich sicher ein bisschen ab ..."
Neugierig sah ich ihn an. Ablenkung konnte ich gebrauchen. „Was?"
Er wollte mich auf die Folter spannen. „Rat mal!"
„Jetzt sag schon!"
„Du hast es sicher noch nicht mitbekommen, wegen der ganzen Yan-Geschichte ..." Müßig betrachtete er seine Fingernägel.

„Malte! Jetzt sag mir, worum es geht!“, rief ich ärgerlich.
„Suede gehen auf Tour! Und mit dabei: JJ 72!“
Ich sprang aus dem Sessel. „Ehrlich?“
Er nickte.
„YES!“ Das munterte mich tatsächlich auf. Oder, um genauer zu sein: das war supergenial!
„Gibt's schon Karten? Dann muss ich unbedingt welche haben!“
„Ja – lass mal gleich welche *online* bestellen ...“ Er sah mich grinsend an. „Ich wusste doch, dass ich damit wieder ein Lächeln auf dein hübsches Gesicht kriege ...“
Mein Bruder war manchmal wirklich unersetzbar.

XII

these are the sad songs

Fast hätte ich am Montag verschlafen!
Allein meinem Bruder hatte ich es zu verdanken, dass ich noch rechtzeitig zur Schule kam.
Wer weiß – vielleicht wollte ich ganz einfach nicht dorthin und hatte deswegen den Wecker ausgestellt?!
Na ja, wäre ich heute nicht zur Schule gegangen, hätte ich auf jeden Fall die neue Referendarin verpasst. Und die hatte einen echt sensationellen Auftritt in der Englischstunde!
Herr Wright bat sie nämlich, nach vorn zu kommen (sie hatte bis dahin hinten auf einem Stuhl gesessen und den Unterricht verfolgt), um die Stunde zu übernehmen.
Ich denke, sie war ziemlich nervös und sah deswegen nicht auf den Boden. Jedenfalls verhakelte sie sich mit dem Fuß in Martins Rucksack und flog der Länge nach in den Gang zwischen den Tischen. Zuerst waren wir total erschrocken; Herr Wright kam angelaufen und fragte – vor lauter Schreck in seiner Muttersprache – „Are you alright?“
Sie rappelte sich langsam wieder auf – mit hochrotem Kopf und wirrer Frisur. Und da fing jemand an zu kichern.
Leider konnten wir uns dann alle nicht mehr zusammenreißen.
Es war ihr wohl nichts passiert – und ihr Sturz hatte unheimlich

komisch ausgesehen. Ich biss mir auf die Unterlippe, aber die ganze Klasse brüllte vor Lachen (was mir ein kleines bisschen leid tat, aber nur ein kleines bisschen) – und selbst Herrn Wright fiel es schwer, uns wieder einigermaßen zur Ordnung zu rufen.
Das war der erste Tag von Frau Niermann-Wölke. Was für ein Start ...
Ansonsten passierte nicht besonders viel. Ich versuchte mehrmals, Yan anzusprechen, denn mir war aufgefallen, dass er mir ab und zu verstohlene Blicke zuwarf. Wirklich, das tat er! Allein das machte mich schon ganz kribbelig – und er sah heute auch wieder verdammt gut aus.
Mann, ER BEOBACHTETE MICH.
Aber ich schaffte es trotzdem nicht. Ich konnte es einfach nicht.
Was ich heute zu ihm sagte, war: „Hallo Yan." Das war's.
Spitzenleistung – dafür, dass er meinen Schwanz schon in der Hand gehabt hatte.

Um mich abzulenken, lief ich am Nachmittag etwas planlos durch die City. Ich hatte keine Lust, mich allein irgendwo hinzusetzen und einen Kaffee zu trinken. Um was zu kaufen, hatte ich keine Kohle (ich hatte gerade mein Taschengeld für das neue suede Album ausgegeben – was es natürlich allemal wert war – und den Rest als Vorschuss für die Konzerttickets *geopfert*). Aber wenn ich immer zu Hause saß, würde mir bald die Decke auf den Kopf fallen. Vor allem, weil ich dazu tendierte, dann noch extra depressive Musik zu hören. Denn wenn es eine Band gab, die traurige Songs schreiben konnte, dann waren es suede. Ich hatte schon mehrmals darüber nachgedacht, ein Tape zusammenzustellen mit den „saddest songs ever" ..., da würden dann sicher über die Hälfte suede Songs drauf sein. Aber irgendwas hatte mich davon abgehalten. – Wahrscheinlich hätte ich mir ein richtiges Suizid-Tape aufgenommen.
Ich kam auf meiner ziellosen Wanderung an einem Tabakladen vorbei und schaute in die Schaufensterscheibe. Und als ich das Feuerzeug dort liegen sah, wusste ich sofort, dass ich es haben musste. Ich MUSSTE!

Es war ein silbernes Zippo mit einem schwarzen Spinnennetz darauf. Und ich wusste, dass es das ideale Geschenk für Yan war. Das war mir sofort klar.
Ich betrat also den Tabakladen und ließ mir von der freundlichen Verkäuferin das Zippo aus der Vitrine geben. Sie erzählte mir einige Dinge über Zippo-Feuerzeuge und welche man gravieren lassen konnte, blabla ... Doch ich hörte nur mit halbem Ohr zu, denn in Gedanken war ich schon bei Yan und stellte mir vor, was für ein Gesicht er machen würde, wenn ich ihm das Feuerzeug überreichte.
Es war genau richtig. Und ich hatte die fixe Idee, dass dieses Feuerzeug eine Art von Symbol war. Ein Symbol für unsere Freundschaft. Und wenn ich es nicht beschaffte, würde alles (was auch immer) unter einem schlechten Stern stehen.
Dieses Feuerzeug war genial, richtig und perfekt – und es kostete 35 Euro. Und ich war pleite. Bei Malte hatte ich auch schon Schulden und meine Eltern würden mir auf keinen Fall so einen horrenden Vorschuss geben, ohne eine plausible Erklärung. Die hatte ich nicht – oder war eine Wahnidee eine Erklärung?
Den Gedanken, dass Feuerzeug einfach einzustecken und aus dem Laden zu rennen, verwarf ich sofort wieder. Für ein Feuerzeug, so symbolhaft es auch sein mochte, riskierte ich keine Anzeige. Einer alten Oma die Handtasche zu klauen, hielt ich für verwerflich. Also, was blieben noch für Möglichkeiten?
Ich konnte mir am Bahnhof die Kohle zusammenschnorren, aber erstens waren 35 Euro viel Geld, zweitens sah ich nicht abgerissen genug aus und drittens mochte ich es nicht, fremde Leute anzulabern.
Gut, es gab natürlich noch eine Möglichkeit an Geld zu kommen, wenn man in der Nähe des Bahnhofs war. Diese Idee ließ mich zurückzucken, aber ich war bereit, Opfer zu bringen. Symbole verlangten Opfer. Nun gut, normalerweise hielt ich nicht viel von Heldentaten, aber dieses Mal hatte ich mir etwas in den Kopf gesetzt, und das schien mir urplötzlich „überlebenswichtig“. Und zugegeben, es war nicht das erste Mal, dass ich *darüber* nachdachte.
Ich verließ also den Tabakladen, nicht ohne der Verkäuferin zu

versichern, dass ich das Feuerzeug auf jeden Fall kaufen würde und schlenderte los, Richtung Bahnhof. Auf dem Weg schossen mir allerhand Gedanken durch den Kopf – doch ich verdrängte sie erfolgreich. Denn ich war mir sicher, dass Yan diese Geste zu würdigen wusste. Er musste ja nicht erfahren, wie ich mir das Geld beschafft hatte ...

Natürlich wusste ich, wo die Jungs standen, die ihre Dienste anboten. Aber – ich konnte mich doch nicht einfach zu ihnen stellen?! Ich war wohlbehütet in einer intakten Familie aufgewachsen. Ich nahm keine Drogen (von winzigen Ausnahmen mal abgesehen) und verabscheute Gewalt. Und ich wollte nicht von zu Hause abhauen. Ich hatte wirklich NICHTS mit diesen Jungs gemeinsam. Mit Ausnahme der Tatsache, dass ich möglichst schnell Geld brauchte.

Ich war schrecklich nervös, als ich mich – in einigem Abstand zu ein paar Typen – an eine Mauer lehnte.

Für normale Passanten sah ich wohl eher aus wie jemand, der auf seinen Zug wartet. Mit zittrigen Fingern drehte ich mir eine Zigarette. Ich musste verrückt geworden sein. Irre. Völlig durchgeknallt!

Aber das Verrückteste war, dass mich bereits nach ein paar Minuten jemand ansprach.

„Arbeitest du?“

Ich hob den Kopf. Die Frage war unmiesverständlich gewesen. Unsicher musterte ich den Mann, der mich angesprochen hatte. Etwa 35 Jahre, 1.80m, normale, unauffällige Kleidung, hellblondes, dünnes Haar. Sein Blick wanderte unruhig hin und her.

Ich nickte langsam. Und irgendwie kam es mir so vor, als ob ich träumte. Wahrscheinlich erwartete er jetzt, dass ich ihm sagte, was ich machte und wie viel das kosten würde. Aber – ich hatte ja keine Ahnung! Vielleicht sollte ich ihm die ganze Sache einfach erklären. Er sah so aus, als könnte er dafür Verständnis aufbringen. Doch vielleicht würde es ihn auch abschrecken, wenn er erfuhr, dass ich DAS noch nie vorher gemacht hatte?! Ich wusste einfach nicht, was ich sagen sollte und war daher ganz froh, dass er den Anfang machte.

„Bist du neu?“

„Ja.“ Meine Stimme war belegt, so nervös war ich.
„Du bist süß.“
Er trat näher an mich heran und flüsterte mir etwas ins Ohr. Der Betrag, den er nannte, war verlockend, aber ich schüttelte nur stumm den Kopf. Das würde ich auf keinen Fall machen. Ich hatte nicht vor, meine „Unschuld“ auf einem stinkigen, siffigen Bahnhofsklo zu verlieren. Grauenhafte Vorstellung!
Der Typ seufzte. „Aber mit der Hand machst du es?“
Ich nickte wieder. Ich musste wirklich den Verstand verloren haben!
Wie in Trance folgte ich ihm in einiger Entfernung. – *Denk an das Symbol! Denk an Yan und an die Kohle!*
Es würde ja nur eine Ausnahme sein. Nur dieses eine Mal. – Hatten wir uns auf einen Preis geeinigt? Ich konnte mich nicht erinnern. Was um alles in der Welt hatte ich da vor?
Und doch kam ich erst wieder zu mir, als der Typ mit offener Hose vor mir in der engen Klokabine stand und sein Teil herausholte. Eigentlich dachte er, dass ich ihm einen blasen würde, aber das lehnte ich ab. In meinem Kopf: *Für Yan. Er wird es zu würdigen wissen. Helden müssen Opfer bringen* – in Endlosschleife.
Und auf einmal wollte ich nur noch hier raus. So eine verdammte Scheißidee! Doch ich *konnte* nicht weg, ich *brauchte* die Kohle. Was bedeutete Yan mir denn, wenn ich nicht einmal bereit war, dieses Opfer zu erbringen?!
Also erledigte ich diesen Job. Mechanisch. Ohne überhaupt irgendwas zu denken. Offensichtlich tat ich es ganz passabel. Doch danach fühlte ich mich elend. Ich bekam das Geld, doch es war nicht real. Es war ganz und gar UNWIRKLICH.
„Wenn ich dir einen blasen darf, kriegst du noch einen 20er extra“, sagte der Typ mit heiserer Stimme.
Und dann kam die Panik, in einer Riesenwelle, die über mich hinwegschwappte. Ich war wie erstarrt und als der Mann sich an meiner Hose zu schaffen machte, stieß ich ihn weg.
„NEIN!“
Er zuckte nur mit den Schultern, richtete seine Klamotten und ging, ohne sich noch einmal umzudrehen.
Mir war schlecht und ich konnte nicht verhindern, dass mir die

Tränen über die Wangen liefen. Das Geld in meiner Hand fühlte sich merkwürdig fremd an. Da saß der Held auf dem Klodeckel und heulte. Und das alles für läppische 20 Euro! Jetzt fehlten immer noch 15 – und ich wusste, dass ich so was nicht noch mal durchziehen konnte.
Ich war so durch den Wind, dass ich vergessen hatte, die Tür wieder abzuschließen. Jetzt schob sich ein hochgewachsener, schmalschultriger Junge mit in die Kabine. Was wollte der denn nun? Er sah doch, dass „besetzt" war!
„Verpiss' dich!", sagte er nicht unfreundlich.
Mit dem Ärmel wischte ich die Tränen aus meinem Gesicht.
„Verpiss' dich doch selber", gab ich zurück. Doch das klang superkläglich und war wohl nicht besonders ernst zu nehmen.
„Du hast mir einen Stammfreier ausgespannt!"
Ich stand auf. „Kommt nicht wieder vor. Ich hau jetzt ab."
Er stellte sich mir in den Weg. „Stopp!"
Ein bisschen erschrocken wich ich zurück. „Was willst du von mir?"
„Wissen, warum du heulst."
Mit einer raschen Bewegung wischte ich die restlichen Tränen weg.
„Weil ... weil ..." Ich wusste es nicht. Das Gefühl war nur so übermächtig, dass es schon wieder drohte, mich mitzureißen. Ich schluckte heftig.
„Hat er dir wehgetan?"
Ich schüttelte den Kopf und versuchte, mich irgendwie wieder unter Kontrolle zu kriegen. Aber es war einfach zu heftig.
Der Typ sah mich an. Lange und nachdenklich. Dann fasste er mich am Arm und zog mich hinter sich her. „Komm ers'ma' mit."
Ich ließ mich von ihm aus der Bahnhofstoilette ziehen. Oben angekommen, konnte ich wieder richtig durchatmen.
Er drückte mich auf eine Bank und nahm neben mir Platz.
„Ich bin Faster. . . . Und du?"
Zweifelnd sah ich ihn an. „Robbie."
Wieso nannte der Typ sich *Faster. . .* ? Wenn schon ein „Künstlername", dann hatte ich bei seinem Aussehen eher etwas Gruftiemäßiges erwartet. Denn er war schwarz geschminkt –

ähnlich wie Sven – und recht heftig gepierct. Seine Kleidung war eine Mischung aus Punk und Gothic.
Er bot mir eine Zigarette an.
„Danke."
„War dein erstes Mal, was?"
Wieder spürte ich, wie sich ein Ring um meinen Hals legte und mich am Atmen hinderte. Ich ekelte mich vor mir selbst! Erneut wurde ich von den heftigen Gefühlen überwältigt. Aber dieses Mal schaffte ich es, die Tränen zurückzuhalten.
„Mein erstes und *letztes* Mal", sagte ich leise.
„Stehst du auf Männer? Oder warum hast du das gemacht?", wollte Faster. . . wissen.
„Ich ... steh' schon auf Typen", antwortete ich ein wenig zurückhaltend. „Aber ich habe das jetzt nur gemacht, weil ich Geld brauche ..."
„Wofür? Dope?"
„Nein. Ein Geschenk ... Das war ne Scheißidee, echt!" Ich schüttelte den Kopf. Konnte es immer noch nicht glauben, dass ich das getan hatte. „Und die Kohle habe ich immer noch nicht zusammen."
„Ein Geschenk?" Faster. . sah mich ungläubig an. Dann grinste er. „Muss ja ein geiler Typ sein, dass du so was für den tust! – Oder ist es ein Geschenk für deine Oma?"
Ich starrte auf den Boden. „Für einen Typen ... für Yan."
Er lachte. „Warum willst du ihm was schenken? Hat er Geburtstag oder was?"
„Nein ... nur so."
„Seid ihr zusammen?"
„Ist das ein Verhör?", fragte ich ihn.
Er schüttelte den Kopf. „Nee, Mann. Aber du bist echt durchgeknallt! – Eigentlich wollte ich dich ja einen Kopf kürzer machen. Tauchst hier einfach auf und schnappst mir meine Freier weg ... Aber jetzt ..."
Ich hatte keine Ahnung, was er da redete. Aber offensichtlich hatte ich irgend einen Fehler gemacht. Und das hätte ganz übel für mich enden können.
„Wir sind nicht zusammen. Aber – es wäre schön, wenn ..."
Faster. nickte. „Bist wohl voll verknallt, was? Ist der Typ

wenigstens schwul?“
Ich zuckte mit den Schultern. Woher sollte ich das wissen?
„Er ist jedenfalls zu mir ins Bett ...“
Faster. zog die Augenbrauen hoch und erinnerte mich damit für eine Sekunde an Malte – obwohl er faktisch gar keine Ähnlichkeit mit meinem Bruder hatte. „Was wollteste ihm denn schenken?“
„Ein ... Feuerzeug.“
Jetzt lachte er wieder. „Ein Feuerzeug? Und dafür brauchste soviel Kohle? – Was hat dir denn der Rolf gegeben?“
„Rolf?“
„Ja, der Typ eben!“
„Ach so ...“ Woher sollte ich denn seinen Namen wissen?
„20.“
„Und was brauchste noch?“
„15. – Aber das kann ich mir jetzt wohl abschminken. So’ne Nummer zieh ich nicht noch einmal durch.“
Faster. lächelte mich wissend an. „Das denken fast alle ...“
„Nee, echt. Ich brauche das Geld nicht so dringend. Ich ... würde durchdrehen, wenn ich so was immer machen müsste.“
Der Blick, den er mir zuwarf, war eine merkwürdige Mischung aus Verständnis, Mitleid und Ärger. „Es ist okay, wenn man auf Männer steht. Die anderen Stricher machen sich kaputt mit ihrem Hass und ihrem Ekel. Denk ich zumindest.“
„Und du ...? Du machst das ... ähm, öfter?“
Er nickte und als er meinen Gesichtsausdruck sah, sagte er: „Ich wohne in ’ner WG mit zwei anderen Jungs zusammen. Das sind Studenten. Irgendwie müssen wir die Miete zusammenkriegen ... ich will schließlich nicht auf der Straße leben.“
„Und ... Ausbildung?“ fragte ich vorsichtig.
„Hab keinen Schulabschluss. Und – mal ehrlich ...“, er sah an sich herunter, „so kriege ich wohl auch keinen Platz, häh?“
Ich betrachtete ihn noch einmal genauer. Er sah sehr gut aus – und exotisch. Aber wer sollte ihn *so* einstellen?
„Mach mal keinen auf Mitleid, Süßer. Mir geht’s ganz gut. Bin schon seit einem halben Jahr vom Stoff runter und zu Fressen hab ich auch immer. – Und wenn’s mir mal ganz dreckig geht, gehe ich zu dem Sozialfuzzi, der sich hier herumtreibt.“

Ich bewunderte ihn für seine Gelassenheit. Mir ging es gerade supermies, weil ich mich unglücklicherweise verliebt hatte ... und er? Er nahm seine Situation einfach hin. Ich wusste natürlich, dass *das* kein Leben für mich wäre, aber irgendwie fand ich es auch faszinierend, dass es Menschen gab, die anders waren. Die waren wie Faster....
„Hee, du machst ja immer noch so ein Gesicht“, sagte er lachend. „Ich weiß was, das bringt dich auf andere Gedanken ...“
Ich drehte den Kopf zu ihm, und ehe ich raffte, was er da plante, hatte er schon den Arm um mich gelegt und seine Lippen trafen meinen Mund. Er küsste mich! Minutenlang. Bis mir der Atem wegblieb und ich einen Ständer hatte, der fast meine Hose sprengte. *Das ist der Kuss des Jahrhunderts*, schoss es mir durch den Kopf. Zu irgendeinem anderen Gedanken war ich nicht mehr fähig!
Als er von mir abließ, war ich knallrot und völlig durcheinander. Aber es war nicht schlecht gewesen. Was heißt „nicht schlecht“? – Es war sensationell! Und es war mir auch völlig egal, dass uns einige Passanten ungläubig anstarrten. Immerhin knutschten wir hier mitten auf dem Bahnhof herum!
Faster grinste mich an. „Und – wie war das?“
Ich räusperte mich. „Ähm ... phantastisch“, murmelte ich.
„Hat dich hoffentlich auf andere Gedanken gebracht.“
Das hatte es in der Tat.
Faster lachte noch einmal übermütig, als er meinen noch immer verdutzten Gesichtsausdruck sah.
Dann schaute er über meine Schulter hinweg. „Da ist ein Kunde für mich.“
Er stand auf und lächelte auf mich hinunter. Dann zog er ein Bündel Geldscheine aus seiner Tasche. „Hier, ein kleines Darlehen. Kannst mich ja mal hier besuchen kommen, um es zurückzugeben.“ Er gab mir die 15 Euro, die mir noch fehlten.
Ich konnte es nicht glauben.
„Und denk daran, dass nicht alle arme Schweine sind, die hier ihr Geld verdienen. Manche sind einfach nur auf der Suche.“
Er drückte meine Schulter und ging. Ich sah ihm nach, noch immer verwirrt. Er verschwand mit seinem Freier hinter einer Ecke. Das war also Faster!

Plötzlich lächelte ich. Es schien nichts so schlimm, als dass man nicht noch etwas Positives daraus ziehen konnte. Wenn man mal von ganz schrecklichen Katastrophen absah.
Und mir erschien es auf einmal gar nicht mehr zu schwer, Yan einfach anzusprechen. Ich könnte ihn doch fragen, ob er nicht mit mir ins Kino gehen wollte oder so etwas. Und wenn er nicht wollte, wusste ich Bescheid. Ich musste es einfach so machen wie Faster – er hatte mich auch nicht vorher gefragt, ob er mich küssen durfte. Er hatte es einfach getan. Nun gut, so spontan war ich wohl nicht, aber ich konnte wenigstens versuchen, über meinen Schatten zu springen. Das musste ich einfach.
Na ja, das Problem mit dem Feuerzeug hatte ich jetzt gelöst. Und Faster hatte mir Mut gemacht, Dinge einfach mal zu tun. Auch wenn sie unüberlegt und vielleicht verrückt erschienen. Viel zu verlieren hatte ich nicht, was Yan betraf.
Ich ging zurück zu dem Tabakladen und kaufte das Feuerzeug. Der Gedanke daran, es Yan zu schenken, machte mich ganz kribbelig.
Mit der S-Bahn fuhr ich nach Hause. Es wurde schon dämmrig.

XIII

a brandnew morning

Am nächsten Morgen war ich einigermaßen nervös. Ich hatte das Feuerzeug für Yan nicht verpackt. Das kam mir dann doch etwas albern vor. Es sah schon so recht nobel aus – da konnte ich auf eine rote Schleife verzichten.
Malte hatte zwar verständnislos mit dem Kopf geschüttelt, doch das Feuerzeug gefiel ihm auch.
Das hart erarbeitete Geschenk in der Hosentasche schnallte ich mir den Rucksack auf den Rücken und verließ unser Haus. Malte hatte die ersten beiden Stunden Spanisch an einer anderen Schule, die einen Kooperations-Unterricht anbot. Deswegen musste ich heute allein los.
Kurz vor dem Schulhof traf ich auf Benjamin, Sascha und Kevin. Sie stellten sich mir provokant in den Weg. Ich überlegte,

was ich machen sollte.
„Was ist los?“, fragte ich. Es war sicher nicht schlecht, erst mal herauszukriegen, was sie wollten.
„Wir müssen uns mal mit dir unterhalten, von Heydt ...“, sagte Benny unheilvoll.
„Ja, und zwar über deinen Preis!“
Kevin lachte schäbig.
Ich verstand nichts. Was redeten sie da für einen Quatsch? Ich runzelte die Stirn.
„Was meinst du?“
Sascha, einer von Bennys Gefolgsleuten, der nicht auf unserer Schule war, trat einen Schritt auf mich zu. Und so langsam hatte ich den Eindruck, dass es brenzlig werden könnte.
„Wir meinen, was dein Arsch kostet, Junge! Den verkaufst du doch, du Arschficker!“
Ich zuckte zusammen. Mein Gott, hatte mich einer von ihnen gestern am Bahnhof beobachtet? Aber mir war keiner von den drei aufgefallen! Mir brach der Schweiß aus. Sie würden es herumtratschen und ich hatte keine Chance, das zu verhindern. Es sei denn, ich leugnete es.
„Keine Ahnung, von was ihr sprecht! Echt nicht!“
Benny lachte höhnisch.
Aber ich versuchte, ruhig zu bleiben. „Könnt ihr jetzt mal langsam aus dem Weg gehen? Ich habe keine Lust, wegen euch zu spät zu kommen.“
Eigentlich wollte ich sogar *früher* da sein, um Yan noch zu treffen. Das konnte ich mir jetzt wohl abschminken.
„Kannst ja versuchen, an uns vorbeizukommen. Wir gehen nämlich erst zur Seite, wenn du uns deinen Preis gesagt hast. Du verdammte Schwuchtel!“
„Ihr spinnt wohl total!“ Kopfschüttelnd versuchte ich mich an Kevin und Sascha vorbeizudrängeln. Doch darauf hatte Sascha nur gewartet.
„Was packst du mich an, du Wichser?!“, schrie er aufgebracht.
Da wusste ich, dass ich einen Fehler gemacht hatte. Aber seine Faust schoss schon nach vorn! Als sie meine Lippe traf, explodierte ein heftiger Schmerz in meinem Kopf. Ich taumelte rückwärts, war jedoch noch geistesgegenwärtig genug, um mich

an seiner Jacke festzukrallen. Wir fielen beide zu Boden und rangelten dort herum. In meinem Schädel tobte ein Sturm und es fühlte sich so an, als wären sämtliche meiner Zähne locker. Kevins – oder Bennys – Fuß traf mich in der Seite und ich flog förmlich von Sascha herunter. Das war der Augenblick, in dem ich wirklich Angst bekam. Sie waren zu dritt. Und ich lag auf dem Boden.

Sascha sprang wieder auf die Beine und ich sah im letzten Moment, dass er mir in die Eier treten wollte. Schnell zog ich das Bein nach oben und drehte mich zur Seite. Der Tritt traf mich trotzdem – hart am Oberschenkel. Das war schmerzhaft, brachte mich aber nicht um.

Ich sah, dass Sascha noch einmal zutreten wollte, doch Benny hielt ihn zurück.

„Das reicht!"

Er ging neben meinem Kopf in die Hocke. „Wenn du ein Wort sagst, bist du dran. Dann werden wir in der ganzen Schule herumerzählen, dass du auf den Strich gehst ..."

„Aber ich gehe gar nicht ...", wollte ich einwenden.

„Schnauze, Mann!", unterbrach Benny mich. Er fasste in meine Haare und zog mich daran nach oben.

Mir standen die Tränen in den Augen und ich stöhnte leise.

„Und versuch' ja nicht wieder, dich an einen von uns ranzuschmeißen!"

Ich begriff nicht, was er meinte. Dafür schmeckte ich Blut. Und dieser Geschmack verhinderte eh, dass ich über irgend etwas nachdenken konnte. Ich wusste nicht, warum das alles passiert war. Irgend jemand musste mich am Bahnhof gesehen haben. Aber wer? Verdammt noch mal, wer?

Benny stand auf und warf mir noch einen abschätzenden Blick zu. „Wehe, du verpetzt uns!"

Ich schüttelte stumm den Kopf, zum einen, weil ich nicht vorhatte, sie zu verraten (ich wollte auf keinen Fall, dass sie irgend einen Mist herumerzählten) – zum anderen, weil ich gerade Yan gesehen hatte. Der stand nämlich in etwa 20 Meter Entfernung und beobachtete uns. Aber er kam nicht. Auch nicht, um mir zu helfen.

Und als Benny, Sascha und Kevin sich entfernten, verschwand

auch Yan. Er ging einfach – ohne sich noch einmal umzudrehen. Das konnte doch nicht wahr sein! Langsam, sehr langsam stand ich auf. Mein Bein tat weh, meine Lippe blutete und ich fühlte mich, als sei ich unter einen Zug gekommen.

Aber das Allerschlimmste war, dass Yan mir nicht geholfen hatte! Und ich vermutete sogar, dass er Benny erzählt hatte, dass *ich* ihn angegraben hatte! Wer sonst sollte so etwas erzählen? Ich war total fertig. Das war doch nicht wirklich passiert – oder doch?
Ich hätte wirklich heulen können – doch dafür war ich noch zu geschockt. Ich war noch nie in eine Schlägerei geraten. Und ich war auch noch nie richtig verprügelt worden. Das alles war ein echter Alptraum! Ein richtig schrecklicher – nur, dass ich dummerweise nicht aufwachte.
Langsam humpelte ich Richtung Schule – ich kam nicht mal zu spät. Was leider zur Folge hatte, dass mich eine ganze Menge Schüler sowohl auf dem Schulhof als auch in der Pausenhalle sahen.
Janine kam sofort auf mich zugelaufen. „Robbie! Um Himmels Willen – was ist dir denn passiert?"
Ich starrte sie genauso erschrocken an, wie sie mich.
„Schlägerei ...", murmelte ich und sah auf den Boden.
„WAS?" Janine konnte das natürlich nicht glauben.
Ich änderte meine Strategie. „Ein paar Typen haben mir aufgelauert ..."
„Wer? Und warum?", unterbrach sie mich wieder und gab mir ein neues Taschentuch für meine Lippe.
„Keine Ahnung", brummte ich. „Kannte die Typen nicht."
Janine sah mich skeptisch an. „Du kanntest sie nicht? Auch nicht vom Sehen?"
„Nein."
„Haben sie dir denn was abgezogen?"
„Nein."
Ich sah, dass sie mir nicht glaubte. Aber ich konnte es nicht ändern. Ich konnte ihr nicht die Wahrheit sagen.
Der Gong rettete mich gewissermaßen vor Janines bohrendem Blick. Denn den hatte sie mittlerweile aufgesetzt. Als wenn es

mir nicht schon schlecht genug ging!
„Willst du nicht lieber nach Hause fahren?“, erkundigte sie sich, als ich neben ihr her die Treppe nach oben humpelte.
„Doch. Ich will mich nur bei der Hellmann abmelden.“
Und das tat ich dann auch. Sie sah mich erschrocken an.
„Was ist passiert, Robin?“
„Ich hatte eine Prügelei. Und jetzt würde ich lieber nach Hause fahren. Mir geht's nämlich nicht so gut.“
Die Hellmann machte einen ähnlich skeptischen Eindruck wie Janine. Keiner nahm mir das mit der Schlägerei ab. Kein Wunder!
„Wo ist denn das passiert?“
„Vor dem Schulhof“, antwortete ich wahrheitsgemäß und schob die Lüge: „Ich kannte die Typen nicht“, hinterher.
„Willst du nicht Anzeige erstatten?“
Ich schüttelte den Kopf. „Nein, ich will nur nach Hause ...“
Sie nickte verständnisvoll. „Kannst du dich denn abholen lassen?“
Ich zuckte mit den Schultern. Wusste auch gar nicht so genau, ob ich mich abholen lassen *wollte*. Dann musste ich wieder soviel erklären.
Die Hellmann bemerkte mein Zögern und ging wohl davon aus, dass ich ein bisschen durcheinander war. Was ja auch stimmte.
Ich schob die Hände in die Hosentaschen und meine Finger schlossen sich um einen harten Gegenstand – das Feuerzeug für Yan! Augenblicklich schossen mir die Tränen in die Augen. Es war alles umsonst gewesen! Yan hatte Benny alles erzählt! Er hatte es zerstört, noch bevor es richtig angefangen hatte. Und ich Trottel hatte gedacht, ich würde ihm was bedeuten! Ich hatte sogar einem wildfremden Kerl einen runtergeholt, um das Geld für dieses Geschenk aufzutreiben. Und was kriegte ich dafür? – Eine Abreibung! Na herzlichen Dank!
Ich war kurz davor, das Feuerzeug aus meiner Tasche zu holen und wie ein Irrer darauf herumzuspringen. Aber so impulsiv war ich nun auch nicht. Und ich hatte hart für das Scheißding gearbeitet.
Außerdem musste ich mich sehr zwingen, nicht vor der Hellmann herumzuheulen.

Die warf einen Blick in die Klasse – meine Klassenkollegen wiederum versuchten – an Frau Hellmann vorbei – einen Blick auf mich zu erhaschen. Oder zumindest mitzukriegen, was wir da redeten. Mit Ausnahme von Benny und Kevin, nahm ich an. Und Yan ...
„Am besten, du gehst ins Sekretariat. – Janine, kannst du eben mitgehen?"
Janine nickte und wir schlürften Richtung Sekretariat davon.
„Willst du dich echt nicht abholen lassen?", fragte sie besorgt. „Wer weiß, vielleicht hast du eine Gehirnerschütterung, oder so was ..."
„Weiß nicht ... glaube nicht", antwortete ich abwesend.

Zum Glück waren meine Eltern nicht da. Ich hatte das Gefühl, ihnen diese ganze Sache nicht erklären zu können. Wie auch? Ich hatte mich noch nie geprügelt. Wenn sie da gewesen wären, hätten sie sich nur unnötig Sorgen gemacht. So schlimm war es ja gar nicht. – NEIN! ES WAR NOCH VIEL SCHLIMMER!
Die Sekretärin wollte mich zuerst nicht gehen lassen. Sie sah mich besorgt an. Dabei hatte meine Lippe bereits aufgehört, zu bluten. Aber ich sah wohl aus wie ein Gespenst. Wahrscheinlich hatte sie Angst, dass ich auf dem Nachhauseweg zusammenklappte – und sie würde dafür verantwortlich gemacht. Eigentlich hätte sie lieber einen Krankenwagen bestellt. Aber schließlich ließ sie mich dann doch gehen.
Ich fuhr mit der S-Bahn nach Hause. Wie ein Schlafwandler. Sicher wurde ich von einigen Leuten angeschaut. Aber das war mir egal – ich nahm es gar nicht wahr.
Langsam kehrte der Schmerz zurück. Ich spürte die Blutergüsse, meine Lippe brannte. Ich hatte Schwierigkeiten beim Atmen – vielleicht hatten sie mir eine Rippe gebrochen?
Ich wollte heulen, aber das ging nicht. Irgendwie fühlte ich mich leer. Ich hatte nicht einmal Angst. An den Weg, den ich zu Fuß gehen musste, erinnerte ich mich nicht mehr. Ich wollte nur noch in mein Bett. Mich verkriechen und am liebsten nie wieder aufstehen.
Ich schloss die Tür auf – es war noch immer niemand zu Hause.

Nicht einmal der Hund. Erleichtert atmete ich auf, bis der Stich in meiner Rippengegend mich zusammenzucken ließ. Gut – nicht so tief durchatmen, rief ich mir ins Gedächtnis.
In Zeitlupentempo kletterte ich die Treppe nach oben. Dann gönnte ich mir noch einen Abstecher ins Bad, aber nur, weil ich mittlerweile ziemlich dringend zur Toilette musste. Ich wollte mir mein Gesicht eigentlich nicht im Spiegel ansehen – aber ich tat es dann doch.
Ich erschrak über die Fratze, die mich dort anstarrte. Nicht etwa, weil mein Gesicht so schlimm zugerichtet war. Meine Lippe war zwar angeschwollen und Blut klebte in meinem Mundwinkel (den Rest hatte ich schon abgewischt bzw. klebte er an meiner Jacke) – aber das Schlimme war der absolut leere, maskenhafte Ausdruck. So hatte ich mich noch nie zuvor gesehen.
Ich schaute schnell wieder weg. Mir war kalt.

XIV

life in slow motion

Als Malte aus der Schule kam, führte ihn sein erster Weg zu mir. Er riss meine Zimmertür auf und trat ein.
„Mann, du hast dich geprügelt? Hätte ich nie von dir gedacht, Brüderchen."
Ich starrte ihn aus meinen angeschwollenen Augen an.
„Redet wohl schon die ganze Schule drüber, was?" Meine Stimme zitterte. Ich konnte meine Gefühle nicht verbergen. Ich war viel zu aufgewühlt und abgrundtief enttäuscht. Und genau das sah Malte in diesem Augenblick.
„Was ist denn passiert? Hast du dich wegen Yan geprügelt?" Er kam an mein Bett und setzte sich zu mir.
Ich wollte eigentlich nur heulen und mich verkriechen, aber ich antwortete: „Ich *wurde* wegen Yan verprügelt ..."
Malte starrte mich verständnislos an.
„Ich ... ich glaube nicht, dass ich ... dir das erzählen kann", begann ich stockend.
Er legte mir den Arm um die Schultern und das hatte zur Folge,

dass mir die Tränen aus den Augen schossen.
„Ruhig, Robbie“, flüsterte er sanft. „Ganz ruhig ... man, so viel geheult wie in letzter Zeit hast du ja schon lange nicht mehr ...“
Er ließ mich heulen und hielt mich einfach fest. Ich zuckte in seinen Armen und versuchte mehrmals, ihm alles zu erzählen. Aber weit kam ich nicht, bis meine Stimme wieder kippte.
Schließlich reichte er mir eine Packung Taschentücher und als ich mir die Nase geputzt hatte, fühlte ich mich dann doch einigermaßen in der Lage, ihm den ganzen Schlamassel zu berichten. Und ich fing an mit der verrückten Idee mit dem Feuerzeug.
Malte sah mich völlig verdutzt an. „Du warst auf dem Bahnhofsstrich?“ Richtig glauben konnte er das offensichtlich nicht. „Bist du irgendwie durchgedreht, oder so?“
„Nein, verdammt!“ Meine Stimme klang ganz kläglich. „Ich bin ... *war* so verliebt!“
„Du *warst*?“, fragte er überrascht. „Jetzt verstehe ich echt nichts mehr!“
„Mir ging es nicht besonders, als ich dem Typen auf dem Klo einen runtergeholt hatte“, erklärte ich leise und schämte mich dabei schrecklich, „dann hat mich so ein Stricher angesprochen. Der wollte mich eigentlich verprügeln oder zumindest mir die Meinung sagen. Aber als er gesehen hat, wie mies es mir ging, hat er mich wieder etwas aufgebaut. Wir haben uns unterhalten ...“ Den Rest ließ ich weg. Das war wohl auch besser so, denn Malte bekam schon so den Mund nicht mehr zu.
„Irgendwer muss mich gesehen haben, wie ich mit Faster... gesprochen hab.“
„Faster?“, unterbrach mich Malte.
Ich nickte. „Heute morgen haben mich drei Typen abgefangen. Sie wussten irgendwie von gestern. Und dann ... dann ist es ... dann haben wir uns auf einmal gekloppt. Und ich hatte eine Scheißangst ... und dann habe ich Yan gesehen! Er stand da und hat zugeschaut. Ein Stück weiter weg ... aber er hat mir nicht geholfen ...“
Maltes Arm schlang sich fester um meine Schultern und er drückte mich hart an seine Brust. Das tat gut. Für den Augenblick fühlte ich mich geborgen. Er nahm den Schmerz

von mir – aber ich wusste, dass er wiederkommen würde. Weil Yan mich so enttäuscht hatte. Weil er so ein falsches Spiel mit mir getrieben hatte.
„Ich geh zu diesem Yan und hau' dem eine rein, okay?"
Ich schüttelte entsetzt den Kopf und mir wurde sofort wieder schwummrig.
„Nein, auf keinen Fall!" *Auch wenn er es verdient hat*, fügte ich still hinzu. Aber – ich war doch noch immer in ihn verknallt! Ich fühlte es doch noch in mir. Er hatte mein Herz gebrochen. Und das tat schrecklich weh. Es war viel schlimmer als die Blutergüsse und die aufgeplatzte Lippe. Und trotz allem ... hätte er jetzt vor meiner Tür gestanden, ich hätte ihm auf der Stelle verziehen. Ich war ein kompletter Idiot!
„Wer waren denn die anderen?", fragte Malte jetzt.
Ich starrte zu Boden. „Das kann ich dir nicht sagen. Sie haben ... gesagt, dass sie mich dann fertig machen würden. Sie wollten überall herumerzählen, dass ich auf den Strich gehe und so ..."
„Du lässt dich von solchen Arschgeigen erpressen?", schnappte Malte. „Das kann doch wohl nicht dein Ernst sein! Wo ist dein Kampfgeist?"
Ich sah ihn zweifelnd an. Kampfgeist? So was besaß ich gar nicht.
„Was soll ich denn machen?", fragte ich müde. „Soll ich vielleicht eine Erklärung in der Schule vorlesen? Eine Durchsage machen? Auf dass sie mich wieder zusammenschlagen? Das hat doch alles keinen Sinn."
„Wir überlegen uns was, ja? Das kriegen wir wieder hin."
Es war schön, dass Malte mir Mut zusprach. Aber im Moment fühlte ich mich einfach nur mies und leer. Zerbrochen, wie ein altes Glas, das jemand weggeworfen hatte. In 1000 Scherben zersprungen. Und es würde Jahre dauern, bis ich wieder hergestellt war.
Ich hätte nie gedacht, dass Liebe so weh tun könnte.
Als er mein Zimmer verließ, sah ich lange aus dem Fenster. Es war stürmisch geworden, Blätter jagten an meinen Fenster vorbei, die Bäume lagen schräg. Mir war so kalt.
Ich verkroch mich wieder unter die Bettdecke. Ich wollte schlafen – doch ich konnte nicht.

In mir tobte ein ähnlicher Sturm wie draußen. Und ich wusste nicht, woher der perverse Gedanke auf einmal kam ... aber ich musste mir auf einmal Schmerz zufügen. Als wäre das, was ich erlebt hatte, nicht schon genug. Ich war urplötzlich stinksauer auf mich selbst! Warum konnte ich ihnen nicht genau so eine reinhauen? Warum konnte ich nicht ich selbst sein? Ich musste mich nicht rechtfertigen ... Aber ich hatte mich unterkriegen lassen. Weil ich mich vor einer Blamage fürchtete.
Und Yan, der sollte *sehen,* wie ich litt ...
Wie in Trance stand ich auf, ging zu meinem Schreibtisch und holte mein Taschenmesser aus der Schublade. Es war ein Springmesser und da es verboten war, hatte ich es nur in meiner Schublade. Ich trug es nie mit mir herum. Irgendein Freund hatte es mir mal vor Jahren geschenkt ... heimlich. Ganz klar.
Ich ließ es aufschnappen und betrachtete einen Moment wie hypnotisiert die Klinge. Dann setzte ich es auf die Oberseite meines nackten Unterarms und zog einen raschen Schnitt. Zunächst passierte gar nichts. Kein Schmerz – wie ich enttäuscht feststellte. Kein Blut. Doch bereits nach einem Augenblick quoll das Blut in einem dicken, roten Strich aus der Wunde. Fasziniert beobachtete ich, wie es über meinen Arm lief, dann erwachte ich aus meiner Trance. Blut tropfte auf den Teppich.
„Scheiße!“
Noch immer kein Schmerz, aber dafür Entsetzen über das, was ich getan hatte. Verdammt, mit so etwas würde ich sicher nichts erreichen!
Mit einer Hand zog ich ein Handtuch aus dem Schrank und hielt es unter den Arm. Wie verrückt war ich eigentlich?
Ich trat hinaus auf den Flur.
„Malte?“
Keine Antwort. Er war doch nicht etwa weggefahren?
Ich rief lauter. „Malte?“
Er war unten. Zum Glück.
„Ja?“
„Kannst du mal hochkommen. Mir ... ist was passiert.“
Malte kam die Treppe rauf, immer zwei Stufen auf einmal nehmend.
„Was ...?“ Dann sah er meinen Arm und das vollgeblutete

Handtuch ... und das Messer auf dem Schreibtisch.
„Ich ... mir ist da ein Missgeschick passiert ...“, sagte ich zerknirscht.
„Missgeschick?“ Er starrte mich ungläubig an. Dann glättete sich sein Gesicht wieder. Er legte den Arm um meine Schultern. „Komm, ich mach dir einen Verband da drum.“ Er führte mich zum Bad und drückte mich auf den Badewannenrand.
Dann sah er mich ernst an und strich mir die Haare aus dem Gesicht. Das tat er höchst selten. „So was musst du nicht machen, mein Süßer, hörst du?“
Ich nickte. Auf einmal schämte ich mich. Ich schämte mich ganz schrecklich.
Malte desinfizierte die Wunde und machte mir einen ziemlich professionellen Verband.
„Das machst du nicht noch einmal, oder?“
Ich schüttelte den Kopf und traute mich nicht, ihn anzusehen.
„Das ... das sagst du aber nicht Ma oder Dad, ja?“
Malte schien überlegen zu müssen. „Nein, das sage ich nicht. Aber nur, wenn du es nicht noch einmal machst.“
„Okay“, sagte ich leise. „Es war eh ... eine Scheißidee.“
„In der Tat“, pflichtete er mir bei.

Meine Eltern waren – gelinde gesagt – geschockt, als sie nach Hause kamen und von Malte von meiner Schlägerei erfuhren. Meine Mutter kam ohne vorher anzuklopfen in mein Zimmer. Das tat sie fast nie.
„Robbie? Robbie? Was ist passiert?“
Sie sah meine aufgeplatzte Lippe und ich dachte, sie würde gleich hysterisch werden.
Mein Vater kam ebenfalls herein. „Alles in Ordnung?“
„Geht so“, knurrte ich. Ich wollte gar nicht, dass sie soviel Wind um die ganze Sache machten.
„Mein Gott, wie konnte das nur passieren“, jammerte meine Mutter und setzte sich zu mir aufs Bett.
„Ja, das würde mich auch mal interessieren“, meldete sich mein Vater zu Wort. „Worum ging es denn genau?“
Diese Frage hatte ich befürchtet. Was sollte ich jetzt bloß sagen?

Ich wusste nicht, was Malte schon verraten hatte. Und ich wollte meine Eltern auch nicht anlügen. Aber die ganze Wahrheit konnte ich auch unmöglich erzählen! Also entschied ich mich für eine akzeptable Mischung.
„Ich bin von ein paar Typen zusammengeschlagen worden“, erklärte ich leise. „Die hatten wohl was gegen Schwule.“
Meine Mutter seufzte erschüttert, mein Dad nickte langsam. „Das ist leider etwas, auf das du immer wieder stoßen wirst, Robin“, sagte er sanft.
Bitterkeit stieg in mir hoch.
„Ich wusste, dass das irgendwann passieren würde.“
Ich starrte meine Mutter überrascht an. Was zur Hölle wollte sie damit sagen? Dass alle Schwulen irgendwann eine Abreibung bekamen? War das der Lauf der Dinge? – Ich wollte auf einmal, dass sie beide gingen. Sie sollten abhauen! Ich brauchte ihr Mitleid nicht! Ich musste mich mit GAR NICHTS abfinden! Und nur, weil es irgendwelchen Scheißern nicht passte, würde ich ganz sicher keine Hete werden!
„Es ist ja nichts Schlimmes passiert“, presste ich zwischen den Zähnen hervor. Wenn sie mich nicht augenblicklich allein ließen, bekam ich sicher einen Schreianfall. Und dann würde bestimmt die ganze Geschichte aus mir heraussprudeln und sie würden erfahren, was für einen verdorbenen Sohn sie hatten!
Irgendwie schienen sie zu merken, wie aufgewühlt ich auf einmal war. Denn sie ließen mich allein, natürlich nicht, ohne mir noch einmal zu versichern, dass sie immer für mich da waren.

Später kam mein Dad in mein Zimmer und sagte: „Komm, Robbie, wir haben einen Termin bei Thomas bekommen. Der sollte dich vielleicht doch mal ansehen. Nicht, dass du nachher eine Rippe gebrochen hast ...“
Ich quälte mich elend langsam aus dem Bett. „Muss das sein?“
Er nickte. „Malte sagte, du hättest starke Schmerzen ...“
Ich schlurfte hinter ihm her, die Treppe runter. In diesem Moment hatte ich nicht einmal die Motivation, mich aufzuregen.
Mein Dad packte mich ins Auto und fuhr mit mir zu

Thomas' Praxis.
„Hätte nicht gedacht, dass wir uns so schnell wieder sehen", begrüßte Thomas mich.
„Ich auch nicht", murmelte ich und humpelte in das Behandlungszimmer.
„Was ist denn passiert?"
„Schlägerei", entgegnete ich knapp.
Er bemerkte offenbar, dass ich nicht mehr dazu sagen wollte.
„Dann zeig mal her!"
Vorsichtig zog ich mich aus und entblößte die Blutergüsse und Prellungen, die sich auf meinem Körper angesammelt hatten.
Thomas pfiff durch die Zähne. „Das war aber kein Spaß mehr, was?"
Ich schüttelte müde den Kopf.
„Also an den Blutergüssen kann ich nicht viel machen, aber vielleicht sollten wir das mit deiner Rippe mal röntgen ... Vorsichtshalber."
Mir war alles egal. Hauptsache, ich kam schnell wieder ins Bett.
Zum Glück war nichts in mir gebrochen – mit Ausnahme meines Herzens. Aber das konnte Thomas ja auf dem Röntgenbild nicht erkennen.
Als ich mich wieder anziehen wollte, stoppte er mich. „Was hast du denn da am Arm?" Er deutete auf den Verband.
„N... nichts", stotterte ich verlegen.
„Ach, und um *nichts* machst du einen Verband?"
Ich schloss kurz die Augen. „Da ist mir ein kleines Malheur passiert ..."
„Lass mich doch mal sehen, was du als Malheur bezeichnest", sagte Thomas freundlich aber streng. Er wusste schon längst, dass ich irgendwas vor ihm geheim halten wollte.
„Hm, ja, wenn es sein muss ..."
„Hast du dich vielleicht tätowieren lassen?", witzelte er.
„Nein ..." *Wenn es nur ein Tattoo wäre ...*
Er zog Maltes kunstvollen Verband ab und sah auf den langen Schnitt.
„Holla! Was ist denn das?"
„Hat Malte schon ... verarztet", sagte ich leise und wagte nicht, Thomas anzusehen.

„Was ist das, Robbie? Und wie ist das passiert?“
Ich seufzte und schwieg.
„Robbie?“
Thomas war wirklich nervig.
„Ich hab ... ähm, ich bin da an so einer scharfen Kante vom ... von ... an meinem Schreibtisch ... “, stammelte ich.
Doch er unterbrach mich: „Robbie – ich glaub dir kein Wort! Dann würdest du doch gar kein Geheimnis daraus machen, wenn du dich einfach irgendwo geschnitten hättest. Oder weiß dein Vater zum Beispiel davon?“
Erschrocken sah ich ihn an. Die Sache drohte gerade verdammt kompliziert zu werden!
„Äh, nein ...!“
Thomas nickte. „Hat irgend einer von den Typen ein Messer gehabt?“
„Nein“, gab ich zu.
„War das für ein Ritual oder so etwas?“
Ich schüttelte den Kopf. *So ein Mist!*
„Also – hast du dich selbst verletzt“, schloss er.
Ich starrte auf den Fußboden und nickte schließlich.
Thomas fasste unter mein Kinn und zwang mich, ihn anzusehen. Er war sehr ernst.
„Machst du das öfter?“
„Nein“, sagte ich leise. Das alles war mir peinlich. Yan sollte *sehen*, wie schlecht es mir ging – nicht die ganze Welt!
„Okay, dann glaub ich dir das jetzt mal.“ Er machte mir einen neuen Verband. „Du wirst eine Narbe zurückbehalten ... Wie bist du nur auf so eine Idee gekommen?“
Ich biss mir auf die Unterlippe und starrte Thomas flehend an. Er verstand.
„Ich habe dir doch gesagt – Schweigepflicht. Aber ich hoffe wirklich, dass das eine einmalige Sache war. Und falls nicht, hat dein Bruder hoffentlich den Verstand, den Mund aufzumachen!“
Ich fuhr mir mit der Hand übers Gesicht. Fast hätte ich in Thomas’ Gegenwart wieder angefangen zu heulen. Ich musste mich unheimlich zusammennehmen.
„Ja, bestimmt“, krächzte ich, „er war auch nicht begeistert ... Ich ... ich tue das auch nicht noch einmal.“

Mein Vater lud mich wieder ins Auto. Und als wir bei uns ankamen, fiel ich nur noch ins Bett.
Abends brachte meine Mutter mir eine heiße Brühe. Es tat höllisch weh, wenn ich mit dem Löffel meine Lippe berührte. Aber wenigstens wärmte mich die Brühe von innen ein wenig. Ich fühlte mich ganz kalt und fragte mich, ob es Angst war, die sich so anfühlte oder abgrundtiefe Enttäuschung.

Die Nacht war schrecklich.
Meine Seite tat mir weh, ich konnte nicht richtig liegen – und wenn ich mal für kurze Zeit einschlief, träumte ich total wirres Zeug. Eine Zeitlang beobachtete ich, wie der Mond, der bleiches Licht durch mein Fenster sandte, verzerrte Schatten in meinem Zimmer formte. Dann schlief ich wieder ein, nur um erneut in irgendein Traumchaos einzutauchen.
Dementsprechend *fit* und *gutgelaunt* war ich, als meine Mutter mich am nächsten Morgen weckte.
„Robbie, komm, aufstehen."
Ich murmelte irgendwas Unverständliches in mein Kopfkissen. Und ich meine *wirklich* unverständlich – denn nicht mal ich selbst wusste, was ich da eigentlich von mir gegeben hatte. Klar war jedenfalls, dass ich nicht aufstehen würde.
Meine Mutter schloss die Tür wieder und ich die Augen.
Als das nächste Mal die Tür aufging, kam Malte herein.
„Robbie? Hey, du kommst zu spät, wenn du jetzt nicht aufstehst!"
„Ich geh nicht zur Schule", knurrte ich im Halbschlaf.
Malte trat neben mein Bett. „Bist du krank? Oder ist es wegen gestern? Hast du Angst?"
„Nein! Mir geht's einfach scheiße!"
„Du hast Angst", stellte er fest. „Du darfst doch jetzt nicht den Schwanz einziehen!"
„Mir tut alles weh!", brüllte ich ihn an. „Ich bin krank!"
Er starrte mich an. Doch er war nicht überrascht. „Okay, ich werde Ma sagen, dass du im Bett bleibst."
Entkräftet sank ich in die Kissen zurück. Ich hörte, wie meine Zimmertür sich schloss.

Ich konnte nicht mehr in die Schule. Nie wieder!
Zu meinem Glück ließen mich alle zufrieden.
Den halben Vormittag döste ich so herum, dann stand ich auf, um zu duschen.
Unter der Dusche betrachtete ich dann zum ersten Mal meine Verletzungen. An meiner Seite, dort wo mich der Schuh getroffen hatte, schillerte ein riesiger Bluterguss in den schönsten Grün- und Blautönen. Ein ähnlicher Anblick bot sich mir auf meinem Oberschenkel.
Meine Lippe war noch angeschwollen, eine unschöne Kruste hatte sich auf der aufgeplatzten Stelle gebildet. Aber irgendwie sah das auch verwegen aus. (Meinen Humor schien ich jedenfalls noch nicht ganz verloren zu haben.)
Meine Zähne machten keinen ganz so lockeren Eindruck mehr. Wenigstens etwas. Was hätte ich bloß gemacht, wenn der Trottel mir einen Zahn rausgeschlagen hätte?
Ich sah auf den Verband an meinem Arm. Das hätte ich mir echt sparen können ...
Das Wasser war angenehm heiß, aber es brannte in den offenen Wunden. Egal. Ich hielt die Luft an.
Nach dem Duschen war der Verband nass, aber ich traute mich nicht, ihn abzumachen.
Ich zog mich unendlich langsam an, nur um direkt wieder ins Bett zu fallen.
Frühstück ließ ich ausfallen. Mittagessen auch. Dafür stand ich mittags wieder auf, um zu rauchen. Das entpuppte sich als relativ schwierige Angelegenheit mit der kaputten Lippe. *Küssen würde sicher auch nicht funktionieren*, dachte ich. KÜSSEN? Wen zum Teufel sollte ich küssen? Und wer würde mich küssen?
Die nächsten zwei Stunden saß ich einfach nur apathisch in unserer Küche und wartete darauf, dass Malte aus der Schule zurückkam. Vielleicht wäre es besser gewesen, wenn meine Eltern den Hund da gelassen hätten? Dann wäre ich gezwungen gewesen, mit ihm raus zu gehen.
Um halb zwei rief meine Mutter an. „Hallo Robin?“
„Ja?“
„Wie geht es dir?“

„Alles bestens. Ich mache mir gleich was zu essen.“ Ich versuchte, so munter wie möglich zu klingen, damit meine Mutter sich keine Sorgen machte.
„Gut. Ist Malte schon da?“
Ich sah aus dem Fenster. „Nein, noch nicht. Aber der kommt sicher sofort.“
Sie zögerte einen Moment. „Wenn irgendwas ist, dann rufst du an, ja?“
Ich verdrehte die Augen. „Ja, klar.“
Malte kam dann auch bald. Er warf mir einen selten mitleidigen Blick zu, als er mich da in der Küche hocken sah.
„Hey Kleiner, siehst ja echt mitgenommen aus.“
Ich sagte nichts dazu.
„Hast du hier drin geraucht?“
Ich nickte und sah zu, wie er die Fenster öffnete.
„Willst wohl noch zusätzlichen Ärger kriegen, was?“ Aber dann wurde seine Stimme wieder weicher: „Na ja, so wie du aussiehst, kriegst du sicher im Moment keinen Ärger ...“
„Irgendwelche Neuigkeiten aus der Schule?“, fragte ich.
Er schüttelte den Kopf. „Es sprechen halt alle über deine Prügelei – aber was Neues gibt’s nicht. – Ich soll dich von Nicky und Janine grüßen. Sie wollen dich heute besuchen kommen.“
„Nein!“, unterbrach ich ihn. „Bitte, rufst du sie an und sagst, dass ich ... dass ich das irgendwie nicht hinkriege mit Besuch?“
Malte – der sich gerade eine Tiefkühl-Lasagne in den Ofen schieben wollte – drehte sich überrascht um.
„Wie – *hinkriegen*?“ fragte er.
„Ich will einfach keinen Besuch. Mir geht’s superdreckig ... da kann ich echt auf Besuch verzichten!“
Malte packte seine Lasagne in den Ofen. „Du bist wirklich merkwürdig! Ich schätze, die beiden würden dich eher aufbauen.“
Ich sah aus dem Fenster. „Im Moment kann mich gar nichts aufbauen ...“
Mein Bruder setzte sich zu mir an den Küchentisch. „Ich denke, Mum hat recht – es war doch klar, dass du irgendwann mal was auf die Mappe kriegst.“
„Wieso?“, fauchte ich ihn an.

„Weil es Leute gibt, die Schwule nicht leiden können! Die fühlen sich durch euch bedroht. – Mann, das ist scheiße, aber es ist eben so ... auch heute noch. Du gehörst nun mal zu einer Minderheit.“

Ich sah ihn lange an. „Leider tut es davon auch nicht weniger weh ...“

Malte griff über den Tisch hinweg nach meiner Hand. „Nein, da hast du wohl recht.“

Ich leistete ihm Gesellschaft, als er seine Lasagne aß. Danach rauchte ich noch eine – Hunger hatte ich eh nicht.

Malte rief bei Nicky und Janine an und erklärte ihnen, dass ich noch nicht in der Lage war, Besuch zu empfangen. Ich weiß nicht, wie sie das aufnahmen.

Ich legte mich wieder ins Bett und hörte suede. Schlafen und Musik waren im Moment das einzig Erstrebenswerte für mich. Wenn ich schlief, dachte ich wenigstens nicht nach – die Musik passte zu meiner Stimmung.

XV

beautiful loser

Ich war eingenickt, als es leise an der Tür klopfte. Es dauerte einen Moment, bis ich das Geräusch eingeordnet hatte.

„Robbie?“ Malte kam herein. „Ich hab Besuch für dich mitgebracht.“

Erstaunt setzte ich mich in meinem Bett auf. Es war dunkel geworden, vor meinem Fenster tobte ein Sturm.

„Wen denn?“ Hatte ich nicht gesagt, dass ich keinen Besuch haben wollte? Ich knipste die Nachttischlampe an und blinzelte. Durch die Tür schob sich eine zweite große Gestalt.

„Hey du!“

Ich konnte die Stimme zunächst nicht einordnen. Aber sie kam mir auf jeden Fall bekannt vor. Und als sich meine Augen an das Licht gewöhnt hatten, erkannte ich – Faster! Den Typen vom Bahnhof. Das war echt eine Überraschung! Wie hatte Malte *den* aufgetrieben?

„Ich dachte ... er hat dich ja schon mal ... ähm, aufgeheitert“, erklärte Malte ein bisschen verlegen.
„Hi“, begrüßte ich ihn.
Unbefangen kam er näher, zog sich meinen Schreibtischstuhl heran und setzte sich damit zu mir.
„Ganz schön was auf die Nase gekriegt, was?“
Ich nickte. „Hat nicht so toll geklappt, die Idee mit dem Geschenk ...“
Malte verzog sich leise.
„Wer hat dich denn verhauen? Der Typ, in den du verknallt bist?“, wollte Faster wissen.
„Nein.“ Ich zögerte. „Aber er hat's gesehen. Ich bin echt am Ende.“
„Erzähl doch mal die *ganze* Geschichte!“
Ich seufzte. Faster war zwar ein Fremder, aber manchmal war es einfacher, einem Fremden etwas zu erzählen. Gerade wenn es um Gefühle ging. Und vielleicht sahen fremde Leute auch manche Sachen klarer, weil sie aus der Entfernung darauf schauen konnten. Schaden jedenfalls konnte es nicht, wenn ich es ihm erzählte. Und vielleicht wurde es für mich dann etwas leichter. Irgendwie leichter für mein Herz, denn das war schrecklich schwer ... Und Faster war ja auch in gewisser Weise „vom Fach“. Auf jeden Fall war er schwul!
Wahrscheinlich hatte Malte ihn deswegen gesucht. Es war ja schön, dass ich mit Leuten reden konnte ... aber keiner von denen war homosexuell! Sie waren alle nett und tolerant und bemüht – aber Faster verstand sicher besser, was in mir vorging.
„Es scheint, als hätte mich jemand am Bahnhof beobachtet“, begann ich. „Wahrscheinlich einer von den Typen, die auf mir herumgetrommelt haben. Zwei von denen gehen in meine Klasse – das macht es nicht gerade besser! Sie wollen überall herumerzählen, dass ich auf'n Strich gehe, wenn ich sie verpetze.“ Ich atmete einmal tief durch, biss mir dann aber rasch auf die Zunge, weil meine Rippe so weh tat.
„Und was ist mit deinem Liebsten? Was hat der damit zu tun?“
„Mein *Liebster*?“ Ich spuckte die Worte fast aus. „Der muss wohl noch herumgetratscht haben, dass ich ihn angegraben hätte! Dabei ist *er* zu mir ins Bett gekrochen!“

Faster sah mich interessiert an. „Also steht er nun auf Männer oder nicht?“
Ich zuckte mit den Schultern. „Was weiß ich ...“
„Dein Bruder meinte, du würdest ... dich jetzt nicht mehr in die Schule trauen ...“
„So’n Quatsch!“, unterbrach ich ihn. Zu heftig natürlich. Das hatte er auch bemerkt.
„Was ist los mit dir, Junge? Was können die Typen dir schon anhaben?“
Ich starrte ihn an, als käme er vom Mond. „Sie können mich noch mal verprügeln! Und sie können irgendeine Scheiße über mich verbreiten!“
„Was denn für Scheiße?“, fragte er provozierend.
„Dass ich schwul bin und auf den Strich gehe zum Beispiel“, fauchte ich ungehalten.
„Aha.“
Das war alles, was er dazu sagte. Und das machte mich wütend. War er nur hergekommen, um mich zu ärgern? Das hätte er sich sparen können! Mir ging’s schon schlecht genug.
„Was zum Teufel meinst du mit *aha*?“, wollte ich wissen.
„Robbie – du *bist* schwul und du *hast* ’nem Typen einen gewichst! Für Geld!“
„Ja, und? Deswegen will ich trotzdem nicht, dass die ganze Schule das weiß!“
„Scheiß auf die Meinung der anderen! Los, biete ihnen stolz die Stirn! Du wirst dich doch nicht unterkriegen lassen?!“
Ich ließ mich zurück auf mein Bett fallen. „Leichter gesagt als getan ...“
Er streckte die Hand nach mir aus und berührte mich zärtlich an der Wange. „Du bist ein hübscher Junge – aber auch ein ganz schöner Feigling.“
Ich zuckte nicht zurück; ich ärgerte mich nicht einmal, dass er mich feige nannte. Denn er hatte ja irgendwie recht. Was konnte mir schon passieren? Ich sollte sie verhöhnen, statt mich zu Hause zu verkriechen. So zeigte ich ihnen nur, dass sie mich besiegt hatten. Und auch wenn ich mich momentan „besiegt“ fühlte, war das genau die Genugtuung, die sie von mir nicht bekommen sollten.

„Lass dich von denen nicht fertig machen“, sagte er leise. „Du bist viel *größer* als solche Arschlöcher! Die sind doch nur stark, wenn sie nicht allein sind!“
„Ja, vielleicht hast du recht“, erwiderte ich kleinlaut.
„Geh hin, schau von oben auf sie herab – und sieh zu, dass du nie allein auf die Typen triffst!“
Jetzt schaffte ich es sogar, ihn anzugrinsen. Es sah sicher ziemlich „verrutscht“ aus, da meine Lippe noch angeschwollen war. Dann fiel mir jedoch Yan wieder ein. Den würde ich ja auch wieder treffen, wenn ich in die Schule ging.
Faster musste meine Gedanken gelesen haben, denn er fragte: „Was?“
„Yan“, sagte ich leise. „Den will ich im Moment gar nicht sehen ...“
„Der Typ, in den du verknallt bist?! – Dem kannst du aber auch nicht ewig aus dem Weg gehen. Der is’ ja nun mal in deiner Klasse.“
„Mir egal!“
Faster lachte leise. „Was für ein Argument ...“
Malte streckte den Kopf durch die Tür. „Will einer von euch was trinken?“
„Ich möchte einen Tee“, sagte ich sofort.
„Ein Bier“, meinte Faster „Wenn ihr das habt ...“
„Klar.“ Er ging los, um die Getränke zu holen.
„Was willst du später eigentlich mal machen?“, fragte ich Faster. Dieser Gedanke schoss mir plötzlich durch den Kopf. Was machte jemand wie er, wenn er einfach zu alt für den Strich war?
Er grinste mich an. „Ich bin jetzt schon nicht mehr so oft am Bahnhof. Sattele um auf Edelstricher ... *Callboy*, du weißt schon ... ich hab ... ähm ... einen Bekannten, der unterstützt mich. Werde auch demnächst mal in einem Film mitspielen ...“
„Film?“ Ich räusperte mich. „Einem Porno?“
„Wer weiß?!“
Ich versank in seinen ausdrucksstarken Augen.
„Küsst du mich noch mal?“, fragte ich leise. Ich musste echt verrückt sein, ihn um so was zu bitten.
Er berührte mich sanft im Gesicht. Dann umfasste er wortlos

meinen Hinterkopf und küsste mich ganz vorsichtig. Ich konnte mich einfach fallen lassen und seinen wissenden Kuss genießen. Mein Gehirn war wie leergefegt.
Unsere Lippen berührten sich, bis Malte eintrat. Er hüstelte überrascht. Doch Faster zuckte nicht erschreckt zusammen – nein, ganz zärtlich entließ er mich aus diesem Kuss und ich sank zurück.
Ich stellte mir vor, wie es wohl war, mit ihm zu schlafen ... doch sofort hatte ich ein schlechtes Gewissen. Ich war doch in Yan verliebt! Yan, das Arschloch!
„Hier." Malte reichte Faster die Bierflasche und stellte meine Tasse Tee auf den Nachtschrank. Er musterte Faster aus zusammengekniffenen Augen.
„Verführst du gerade meinen Bruder?"
Faster lachte. „Nein, nur wenn er das möchte ..."
Ich lächelte versonnen, und Malte schüttelte den Kopf.
Wir saßen noch eine ganze Zeitlang zusammen und Faster schaffte es tatsächlich, mich soweit aufzubauen, dass ich mich dazu entschloss, morgen wieder in die Schule zu gehen. Er war schon ein komischer Typ – und glücklicherweise zu clever, um vor die Hunde zu gehen ...

XVI

there's oceans between us

Ich wollte es genauso machen wie Faster es gesagt hatte. Ich wollte sie ignorieren – ich wollte auf sie scheißen! Aber mir zitterten ganz schön die Knie, als ich am Donnerstag in die Klasse gehumpelt kam.
Ich tat trotzdem so, als würden mich die Blicke meiner Klassenkollegen kalt lassen.
Michelle kam allerdings sofort auf mich zugeschossen. „Robbie! Wie geht's dir?"
Ich setzte mich auf meinen Platz. „Ging schon mal besser", sagte ich und grinste sie schief an.
„Was ist denn genau passiert?"

Ich winkte ab. „Bin wohl unter'n Zug gekommen ..."
Sie sah mich ein wenig beleidigt an; trotzdem setzte ich noch einen drauf und behauptete: „Das hab ich nur wegen der Deutscharbeit am Dienstag inszeniert ..."
Sie tippte sich an die Stirn. „Toller Witz!"
Verärgert ging sie zurück zu ihrem Platz. Es war wirklich nicht fair, dass ich so einen Mist erzählte. Immerhin hatte sie sich wohl Sorgen gemacht. (Na ja, mein Humor hielt mich wenigstens über Wasser. Auch wenn sie das nicht verstehen konnte ...)
Ich hielt mich den ganzen Schultag über im Hintergrund, sprach nur mit Nicky und Janine; denn ich hatte keine Lust, Benny oder Kevin allein zu begegnen. Aber ich fühlte mich elend.
Yan sah nicht zu mir herüber – zumindest nicht, dass ich es bemerkte. Und ich versuchte mein Bestes, ihn ebenfalls zu ignorieren. Wie gesagt, ich *versuchte* es. Und vielleicht hätte es geklappt, hätten wir heute nicht Sport gehabt.
Hockey, um genau zu sein.
Hockey ist mal eine Sportart, die ich einigermaßen drauf habe. Nur heute natürlich nicht. Mir tat noch immer alles weh.
Unser Sportlehrer Kerk war erstaunt.
„Machst du heute nicht mit, Robin?"
Ich schüttelte den Kopf. „Bin verletzt", antwortete ich knapp. Hatte er etwa nichts von der Schlägerei mitbekommen?
Kerk runzelte die Stirn. „Muss ja schlimm sein, wenn du dir ein Hockeyspiel entgehen lässt ..."
Wortlos hob ich mein Sweatshirt und mein T-Shirt an und zeigte ihm den hässlichen Bluterguss an meiner Seite.
„Ach du meine Güte! Ist das etwa bei dieser Rauferei entstanden?"
Aha, er wusste also doch davon. Wahrscheinlich wusste es die ganze Schule.
„Ja, unter anderem ..."
Er nickte und ließ mich in Ruhe.
Ich setzte mich auf die Bank und sah zu, wie die anderen sich warm liefen. Benny zog mal wieder eine Riesenshow ab. Das kotzte mich an. Er WAR ein guter Sportler, ohne Zweifel. Aber auch ein entsetzlicher Angeber.

In unserem Sportkurs waren nur vier Mädchen, davon war eines Nicky – die sich eh nicht für Benny interessierte – und zwei nicht besonders hübsch oder beliebt. Blieb also nur noch Tina, die er hätte beeindrucken können. Und die stand auf unseren Obergruftie Sven.
Sie wählten die Mannschaften – eine wie üblich frustrierende Sache für Leute, die bis zum Schluss übrig blieben. Erstaunlicherweise wählten Benny und Yan. Ich hatte Yan noch nie Hockey spielen sehen – aber er musste gut sein, wenn er sozusagen als Spielführer bestimmt wurde.
Yan warf mir einen kurzen Blick zu, doch ich schaute weg und tat betont desinteressiert.
„Du spielst nicht mit?", rief er zu mir herüber.
Jetzt sah ich ihn an und wenn Blicke töten könnten, wäre er sicher sofort tot umgefallen. Na, wenigstens schien ihm jemand geflüstert zu haben, dass ich gut im Hockey war. – Ich hätte ihm am liebsten eins in die Fresse gehauen!
„Heute nicht", rief ich zurück und bohrte meine Augen in sein Hirn. *Dank dir, du Wichser*, sandte ich ihm in Gedanken und hoffte, dass er die Botschaft verstand. Anmerken ließ er sich jedenfalls nichts.
Sie spielten fünf gegen fünf, so setzten sich ein paar Leute als Auswechselspieler auf die Bank.
Sven hockte sich neben mich. Seine schwarzgefärbten Haare hatte er zu einem Zopf zurückgenommen. Er war heute so bleich, dass er sich selbst für sein Gruftie-Outfit nicht schminken musste. Aber das war ja auch kein Wunder, wenn man den ganzen Tag über vor dem Computer saß und sich nur nachts mit seinen Freunden traf. Sven war ein Freak, aber ich mochte ihn und er konnte verdammt gut singen. Er trug übrigens selbst im Sportunterricht nur schwarze Klamotten.
„Hast ganz schön was abgekriegt, was?"
„Das kannst du wohl sagen", gab ich zurück.
„Kann ich das mal sehen?" Er deutete auf meine Seite. Offenbar hatte er gesehen, dass ich Kerk meinen Bluterguss gezeigt hatte. Und Sven hatte ein sehr morbides Interesse an Verletzungen und Wunden.
Ich seufzte und grinste ihn an. „Wenn es sein muss ..."

„Gleich in der Umkleide, ja?" Er grinste zurück und entblößte dabei seine spitzen Eckzähne.
„Ich freu mich drauf!" Dann sprang er auf, weil er eingewechselt wurde.
Ich lachte und konzentrierte mich wieder auf das Spiel. Yan war in der Tat sehr gut – er hatte sicher mal in einem Verein gespielt. Ich ertappte mich dabei, wie ich ihn beobachtete. Die Muskeln an seinen langen, schlanken Beinen, seine ausgesprochen schnellen Reaktionen, seinen konzentrierten Gesichtsausdruck.
„Er spielt echt klasse, nicht?" Nicky war dicht an mich herangerückt. Ich wurde rot.
„J... ja", stotterte ich. „Aber er ist trotzdem ein Arsch!"
„Was hat er *damit* zu tun?", fragte sie leise. Sie wusste sofort, wovon ich sprach.
Ich starrte auf den Fußboden. „Er hat es auf jeden Fall gesehen. Und er hat mir nicht geholfen!"
„So eine feige Sau!", fauchte Nicky empört.
„Feige?" Ich lächelte bitter. Feige ... wenn es das nur wäre.
„Du musst ihm deine Meinung sagen!"
Ich sah Nicky an. „Das werde ich. Darauf kannst du dich verlassen!"
Nach dem Sportunterricht duschten die meisten. Ich wartete in der Umkleide. Mein Herz schlug schneller, als ich mit Benjamin allein war; ich tat einfach, als wäre mir seine Anwesenheit gleichgültig. Vor den anderen Jungs würde er mich sicher nicht anpöbeln – das wäre ja zu auffällig gewesen. Trotzdem war ich froh, als er in der Dusche verschwand.
Sven kam zu mir, er hatte nur ein Handtuch um die Hüften geschlungen. Sein Körper war sehnig und durchtrainiert (erstaunlicherweise) und seine Haut völlig weiß. Er grinste mich auffordernd an. „Also?"
Ich grinste zurück. Dann zog ich mein Sweatshirt und mein T-Shirt aus und präsentierte ihm die Prellungen.
Sein Gesicht leuchtete förmlich auf, als er mich betrachtete. „Wahnsinn! Das tut sicher weh!"
„Mmh ..."
„Hast du ... noch was?"
Ich runzelte die Stirn. „Am Oberschenkel."

Sein Blick traf mich heiß. Ich konnte doch jetzt vor Sven nicht die Hosen runterlassen!
Ich seufzte. „Okay, weil du es bist ... Man könnte meinen, du geilst dich daran auf!"
Lachend riss er sich das Handtuch von den Hüften. „Nee, schau doch! Alles im grünen Bereich. Es fasziniert mich nur!"
Im ersten Moment war ich ein wenig erschrocken über Svens *Entblößung*. Er hatte einen sehr schönen Körper, und ich musste mich zwingen, ihn nicht anzustarren. Ich wollte auf keinen Fall einen Steifen kriegen! – Rasch öffnete ich meine Hose und ließ sie soweit runter, dass Sven auch den Bluterguss an meinem Oberschenkel sehen konnte.
Inzwischen waren Martin, Philipp und Eric vom Duschen zurück.
„Was macht ihr denn da für'n Scheiß?", fragte Martin kopfschüttelnd.
Mir wurde klar, wie verrückt das aussehen musste: Sven stand splitternackt vor mir und sah sich meine Verletzungen an. Völlig krank!
Eric kicherte hysterisch. „Freaks unter sich!"
Sven ließ sich davon gar nicht beirren. Er zog sich langsam an und deutete auf den Verband an meinem Arm, als ich meine Hose ebenfalls wieder hochzog.
„Auch von der Prügelei?"
„Nein ... ja ... ähm, indirekt", stammelte ich erschrocken.
Er kam einen Schritt näher, und für eine Sekunde war er fast ein bisschen unheimlich.
„Darf ich?"
Ich hielt still, als er vorsichtig den Verband löste, um sich den Schnitt anzusehen. Es war irgendwie bizarr.
Als er den Verband wieder zuklebte, trafen sich unsere Blicke. Es lag etwas Wissendes, Verständnisvolles in seinen Augen. Lächelnd ließ er von mir ab und zog sich weiter an. Erst jetzt bemerkte ich, dass Yan mich anstarrte. Er war in der Zwischenzeit auch vom Duschen zurückgekommen.
Erschrocken starrte er auf meinen Arm, auch er hatte den langen, blutigen Schnitt gesehen – was mir ziemlich peinlich war. Rasch zog ich mich wieder an.

Als ich mich an ihm vorbei aus der Umkleide drücken wollte, hielt er mich am Arm fest.
Seine Augen bohrten sich in meine. „Es tut mir leid“, flüsterte er.
Ich erstarrte. „Was?“ Wütend funkelte ich ihn an und machte mich mit einem Ruck los.
Er schwieg.
„Du kannst mich mal“, fauchte ich. Ich hätte nicht übel Lust gehabt, ihm eine richtige Szene zu machen. Aber ich beherrschte mich. Sollte er doch zum Teufel gehen! Aufgebracht verließ ich die Umkleidekabine.
Draußen – ich versuchte gerade, mir mit zitternden Fingern eine Zigarette zu drehen – traf ich wieder auf Nicky.
„Wie siehst du denn aus?“, fragte sie sofort alarmiert. „Du bist weiß wie ein Gespenst! Gab's Ärger?“
Ich schüttelte den Kopf. „Hab mich nur ein bisschen aufgeregt.“
Sie sah auf meine zitternden Hände. „Ein bisschen aufgeregt?“
Auf einmal stand Sven neben mir, nahm mir das Blättchen und den Tabak aus den Händen und drehte mir eine Zigarette. Ich war völlig überrascht, aber auch Nicky starrte ihn entgeistert an.
„Wir sehen uns bei der Probe, von Heydt“, sagte er lächelnd und warf mir wieder diesen schockierend wissenden Blick zu.
„Was war denn das?“, fragte Nicky, als Sven weg war.
Ich zuckte mit den Schultern.
„Eine Anmache?“
Stöhnend verdrehte ich die Augen. „Sven ist ein Kumpel. Der hat mich noch nie angegraben!“
In diesem Moment stürmte Philipp aus der Sporthalle, dicht gefolgt von Benny und Kevin. Mir stellten sich die Nackenhaare auf.
„Ist Sven schon weg?“, fragte er außer Atem.
Ich zeigte in die Richtung, in die Sven verschwunden war.
Benjamin und Kevin grölten: „Hey, Satanistenjünger!“
Philipp zeigte ihnen kopfschüttelnd den Mittelfinger und lief hinter Sven her. Sein langer schwarzer Mantel wehte hinter ihm wie ein Umhang.
Ich zog Nicky hinter eine Säule und beobachtete erleichtert, wie Benny und Kevin sich verdrückten.

„Die zwei sind so ätzend“, sagte Nicky und schüttelte sich. Zum Glück fragte sie nicht, warum wir uns vor ihnen versteckt hatten. Sie dachte wohl, dass ich einfach keinen Bock auf deren bekloppte Sprüche hatte.
Nicky sah auf die Uhr. „Du, ich bin mit Malte verabredet. Kommst du mit?“
Ich schüttelte den Kopf. „Nein, ich fahre mit der Bahn nach Hause. Muss noch was erledigen.“
Wir umarmten uns kurz.
„Bis später!“
Ich steckte die Hände in die Hosentaschen und meine Finger umschlossen das Feuerzeug, das ich für Yan gekauft hatte. Vielleicht sollte ich es Faster schenken? Der hätte es zumindest verdient.
Ich drehte mich um und ging langsam den Weg entlang Richtung S-Bahnstation. Ich war so in Gedanken versunken, dass ich zunächst gar nicht hörte, dass mich jemand rief.
Erst als die Stimme direkt neben mir war, zuckte ich erschrocken zusammen.
„Robin, träumst du?“
Es war Yan.
Ich brauchte nur eine Sekunde, um mich von dem Schock zu erholen.
„War sicher ein Alptraum“, knurrte ich unfreundlich.
„Es tut mir leid, Mann, nimmst du meine Entschuldigung nicht an?“
„Was tut dir leid? Was, verdammt?!“ Ich versuchte, nicht hysterisch zu werden.
Als er wieder schwieg, fuhr ich ihn an: „*Du* hast das erzählt?“
Er sah mich lange an. Dann: „Ich habe dich gesehen ... am Bahnhof ...“
„Und?“ Ich funkelte ihn angriffslustig an.
„Ich hab dich beobachtet. Du warst mit ’nem Kerl auf den Klos ... und du hast mit diesem Gruftie-Stricher herumgeknutscht!“
Ich spürte, wie alles Blut aus meinem Gesicht wich. Mein Gott, er hatte das alles gesehen! Dann wurde ich richtig sauer!
„Ja, und?! Weißt du, für wen ich das gemacht hab? Warum ich diesem fremden Kerl einen runtergeholt habe?“, schrie ich ihn

an. „Willst du das wissen?“
Erschrocken sah er sich um – doch niemand hörte uns. Mir war das im Moment egal. Mir war alles scheißegal! Ich kochte vor Wut.
Ich zog das Feuerzeug aus meiner Hosentasche und schmiss es ihm vor die Füße.
„Für dich! – Ich wollte dir ein Geschenk kaufen!“ Meine Stimme kippte, ich drehte mich auf dem Absatz um und rannte davon. Tränen liefen über mein Gesicht und ich rannte, als wäre der Leibhaftige hinter mir her. Ich rannte, bis meine Lunge brannte und mein Bein schmerzte. Mir wurde klar, dass ich nicht ewig rennen konnte. Ich verlangsamte mein Tempo ein wenig und wischte mir mit dem Ärmel die Tränen aus dem Gesicht. Völlig außer Atem kam ich an der S-Bahnstation an. Zum Glück musste ich nur zwei Minuten warten.
Ich fuhr nach Hause. Total durcheinander.
Es war niemand da. Zitternd verkroch ich mich in meinem Zimmer.

XVII

all you know

Am Abend war ich wieder soweit hergestellt, dass ich meine Gitarre einpackte und zur Bandprobe fuhr. Ich fühlte mich noch immer grässlich und hatte auch überhaupt keine Lust. Aber ich wollte die anderen nicht hängen lassen.
Sven und Alex waren schon da und bauten die Sachen auf.
„Hi! Na? Alles klar?“, begrüßte Sven mich.
Alex fluchte hinter seinem Schlagzeug herum.
Ich versuchte gar nicht, fröhlich zu wirken. „Nein – mir geht's beschissen!“
Sven lächelte hintergründig. „Das wird sich sicher gleich ändern.“
„Wieso? Hast du ausnahmsweise mal geübt?“, blaffte ich ihn an.
Er schüttelte lachend den Kopf und deutete auf den Nebenraum.
„Häh?“ Ich machte keine Anstalten, seinem Wink zu folgen.

„Jetzt geh schon hin!“, drängte er mich.
„Was soll der Quatsch?!“
„Wirst schon sehen ...“
Ich stellte die Gitarrentasche samt Gitarre in eine Ecke und ging in den Nebenraum, in dem Alex’ Vater sein eigenes Equipment verstaut hatte; der war nämlich selbst Musiker. Und auf einem der Drehhocker saß – Yan und sah mich an.
Ich erstarrte in der Bewegung. Was wollte der hier?
Langsam trat ich näher. Seine großen, schönen Augen waren rot und verquollen – als hätte er den ganzen Nachmittag geheult. Ich wusste nicht, was ich sagen sollte. Wir sahen uns einfach nur an. Die Stille war beängstigend.
Und schließlich fragte ich: „Warum bist du hier?“
Yan fuhr sich hektisch mit der Hand durchs Haar. Dann stand er auf und kam auf mich zu. „Es tut mir alles so leid“, brach es plötzlich aus ihm hervor. „Wirklich, Robin, das musst du mir glauben! Ich wusste das ja nicht ... mit dem Geschenk ... ich dachte ... ich hatte so eine Angst, und ich war so wütend auf dich! Und ... und ... ich kann das einfach nicht! Nicht aushalten, meine ich. Verstehst du das?“
Ich schüttelte den Kopf. Ich verstand überhaupt nichts.
Yan sah ganz verzweifelt aus. „Ich hab mich sofort in dich verknallt, Robin! Aber das darf einfach nicht sein! Ich ... hab schon mal Riesenprobleme bekommen. Und jetzt hab ich einfach Angst! Und ich dachte, du .... ich dachte echt, du bist nur ... du gehst auf den Strich und machst es mit jedem. Und ich war so verliebt. Da bin ich eifersüchtig geworden und hab Benny alles erzählt. Na ja, nicht ganz alles ... Es tut mir leid! Ich bin ein Arschloch! Es tut mir wirklich leid, Robin!“
Ich starrte ihn weiterhin einfach nur an. *Er* hatte sich in *mich* verknallt? Und von was für einem Problem sprach er?
„Jetzt sag doch was“, flehte er mich an.
Ich räusperte mich. „Also ... ich weiß nicht, was ich dazu sagen soll.“
„Ich hab’s nicht kapiert! Ich dachte, ich wäre abgebrüht genug ... Verstehst du das nicht? Ich WILL nicht schwul sein! Warum bin ich nicht normal? Und scheiße, warum bist du kein Mädchen?“
Und erst jetzt hörte ich die Angst, die in seiner Stimme

mitschwang. Vor was hatte er solche Angst?
Er trat noch einen Schritt näher auf mich zu. Jetzt stand er genau vor mir. Ich hätte ihn berühren können, aber meine Arme hingen wie gelähmt an mir herunter.
„Ich wollte dir nur sagen“, flüsterte er, einigermaßen gefasst, „dass ich ... dich auch wahnsinnig gern mag. – Aber ich kann einfach nicht ... Es geht nicht ...“ Damit wollte er an mir vorbei aus dem Zimmer raus. Doch im letzten Augenblick löste sich meine „Armlähmung“ auf, und ich packte ihn mir.
„Du glaubst doch nicht, dass du jetzt einfach abhauen kannst?“, zischte ich.
Entgeistert sah er mich an.
„Du sagst mir jetzt, vor was du so eine Scheißangst hast!“, schrie ich ihn an. Es war mir egal, dass Sven und Alex das gehört hatten. Wahrscheinlich hatten sie auch Yans Geständnis von eben mitbekommen.
Yan sah mich an. Seine Unterlippe zitterte, obwohl er den Mund fest zusammengepresst hatte. „Vor meinen Eltern“, flüsterte er schließlich mit erstickter Stimme.

Wir standen voreinander, als wüssten wir beide nicht, was wir jetzt tun sollten. Yan sah so mitleiderregend aus – und gleichzeitig so schön. Es schnürte mir die Luft ab. Ich spürte seine Angst und seine Verunsicherung in meinem Körper. Und das machte mich stark – stärker als ihn. Er brauchte Halt – und auf einmal hielt ich ihn. Ich schlang meine Arme um ihn und hielt ihn ganz fest. Ich drückte ihn so sehr an mich, dass meine Rippe schmerzte und dass ich fast Angst hatte, ihn zu ersticken. Doch Yan wehrte sich gar nicht. Er machte sich ganz weich und schmiegte sich an mich. Sein Atem ging stoßweise, er zitterte – ich wusste nicht, ob er weinte.
Ich glaube, ich zitterte auch wie verrückt. Ich konnte es gar nicht glauben! Hier stand ich und hielt Yan in meinen Armen, und er war genauso in mich verknallt wie ich in ihn!
Ich weiß nicht, wie lange wir so gestanden hatten, bis uns ein leises Hüsteln auseinanderfahren ließ. In der Tür stand Sven und lächelte schief.

„Das ist ja alles sehr romantisch“, sagte er, „aber ich möchte trotzdem gern wissen, ob wir heute noch proben.“
Ich sah zu Yan, der sich kreidebleich in eine Ecke verzogen hatte, dann wieder zu Sven.
Der nickte verständnisvoll.
„Ich glaube, das packe ich heute nicht mehr“, sagte ich leise, um seine Vermutung zu bestätigen.
„Kommst du dann wenigstens kurz mit, um dir den neuen Song anzuhören? Ich wollte so gern mal was von Subway to Sally spielen ...“
Da ich Sven nicht enttäuschen wollte, folgte ich ihm. „Du wartest doch, oder?“, sagte ich zu Yan.
Der nickte und blieb zurück – er wirkte sehr verstört.
Als ich außer Hörweite war, fragte ich Sven: „Woher wusstest du das?“
Er grinste mich an und legte eine CD in seinen CD-Player. „Was genau meinst du?“
„Das mit Yan und mir.“
Jetzt lachte Sven. „Ich habe doch Augen und Ohren! Du hast doch nicht geglaubt, dass ich das nicht mitgekriegt habe bei unserer Klassenfahrt?!“
Ich wurde knallrot, mein Gesicht brannte richtig. „Du ... wusstest das?“
Er nickte. „*... girls who are boys, who like boys to be girls ...*“, sang er und zwinkerte mir zu. Richtig, das hatte er mir schon einmal vorgesungen. Er hatte es gewusst. – Ich rechnete es ihm hoch an, dass er uns nicht verraten hatte. Sicher wäre es für die anderen ein Mords*joke* gewesen, über uns zu lästern.
Er startete den Song. „Hör mal – meinst du, das können wir spielen?“ Er stand auf. „Veitstanz.“
Schon die ersten Takte gingen mir ins Blut. Der Song war klasse!
Sven sang leise mit. Und dann kam dieses Hochgefühl, das mich manchmal erfasste, wenn ich Musik hörte. Es war ein Gefühl von Lebensfreude und Energie – und natürlich war es nicht nur der Song, sondern auch das Wissen, dass Yan genauso empfand wie ich. Alles andere würden wir später in Angriff nehmen. Gott, dieses Gefühl hatte ich vermisst in der letzten Zeit!

Ich sah Sven an und plötzlich mussten wir beide lachen! Er fasste mich bei den Schultern und wirbelte mich im Kreis.
Und mir wurde klar, warum Sven das alles gewusst hatte und warum er uns nicht verraten hatte. Er akzeptierte uns, weil er sich wünschte, genauso akzeptiert zu werden. Ich hatte sein Gruftie-Outfit und seine Interessen immer als „normal“ empfunden. Sie gehörten einfach zu ihm! Und er tolerierte mein „Anders-Sein“. Er würde nie diesen Pseudo-Toleranzspruch der Heteros bringen, der mir so verhasst war: „Ich hab nichts gegen Schwule, so lange sie mich in Ruhe lassen.“ Leute, die so was von sich gaben, waren echt unheimlich aufgeblasen und von sich überzeugt. Und genau so war Sven nicht.
Als der Song vorbei war, waren wir ganz außer Atem. Und ich sprühte vor Energie. Mir ging es so gut wie schon lange nicht mehr! Ich hätte am liebsten geschrieen!
„Kümmer' dich um Yan. Sonst wird der noch eifersüchtig“, raunte Sven mir zu.
„Danke.“ Und ich fühlte eine echte, tiefe Dankbarkeit ihm gegenüber; aber ich wagte nicht, ihn in den Arm zu nehmen.
Als ich aufblickte, sah ich Yan im Türrahmen lehnen und er lächelte sogar ein bisschen.
Alex verzog das Gesicht zu einer Grimasse, als André und Patrick reinkamen.
„Ich glaube, wir müssen heute auf unseren Gitarristen verzichten“, empfing er sie.
Die beiden rafften natürlich nichts, weil ich ja da war. Und ich traute mich nicht, ihnen die ganze Sache zu erzählen – das würde Sven sicher besser können.
Wortlos packte ich meine Gitarre und zog meine Jacke wieder an.
„Robin möchte heute lieber seine Unschuld opfern als uns seine Zeit“, erklärte Sven den beiden verdutzten Neuankömmlingen lachend.
Ich glaube nicht, dass das wirklich zum Verständnis der beiden beitrug. Ich jedenfalls zeigte Sven meinen Mittelfinger. Dann winkte ich Yan, mir zu folgen. Unsicher kam er mir nach.
Und sobald wir draußen im Dunklen waren, fing er wieder an: „Robbie, das hat doch alles keinen Sinn! Ich meine – was sollen

wir denn machen? Ich glaube nicht, dass ich das durchhalte!“
Ich drehte mich zu ihm um und erstickte seine Zweifel mit einem Kuss. Zumindest brachte ich ihn dazu, dass er aufhörte zu reden. Seine Lippen waren kühl und er schmeckte noch besser als ich in Erinnerung hatte.
Der Kuss wurde dann doch heftiger als ich geplant hatte (ich vergaß sogar für den Augenblick meine kaputte Lippe) und führte dazu, dass wir beide einen stehen hatten. Ich hätte Yan so gern angefasst – richtig angefasst. Aber wir standen ja mitten auf dem Bürgersteig! Und so ließ ich ihn seufzend wieder los.
„Du machst mich ganz verrückt“, flüsterte er.
Seine Worte verursachten ein Kribbeln in meinem ganzen Körper.
„Lass uns zu mir gehen“, drängte ich. „Dann können wir alles in Ruhe besprechen.“ *Und noch ganz andere Dinge machen*, fügte ich in Gedanken hinzu.
Yan gab ein merkwürdiges Geräusch von sich. „Nach Hause kann ich jedenfalls jetzt nicht.“
Und warum er das nicht konnte, erzählte er mir, als wir bei uns angekommen waren. Doch erst mal machten wir uns schweigend auf den Rückweg.

„Hallo!“, rief ich, als Yan und ich in den Hausflur traten.
„Hallo Robbie!“, riefen meine Ma und mein Dad zurück.
Ziggy kam uns entgegen und freute sich *tierisch*.
„Meine Güte, was für ein Riesentier“, sagte Yan eingeschüchtert. Ziggy warf sich so heftig gegen ihn, dass er das Gleichgewicht verlor und gegen das Treppengeländer flog.
Ich grinste. „Der tut aber nix ...“
Yan verzog das Gesicht. „Ich weiß, *der will nur spielen ...*“
Ich sah kurz ins Wohnzimmer, wo meine Eltern „Wer wird Millionär?“ guckten.
„Ich ... ähm, hab Besuch mitgebracht.“ Ich zog Yan hinter mir her ins Wohnzimmer. „Das ist Yan.“
Überrascht sah meine Mutter auf. „Hallo Yan.“
Mein Dad ließ sich nichts anmerken; er nickte Yan freundlich zu. Aber neugierig war er sicher auch.

Wir verzogen uns.
„Möchtest du was trinken oder was essen?“
Yan schüttelte zurückhaltend den Kopf. „Später vielleicht.“
„Komm, mein Zimmer ist oben ...“
Er folgte mir unsicher. Als wir mein Zimmer betraten, fiel mir zum ersten Mal das Chaos auf, das ich in den letzten Tagen fabriziert hatte. Ich hatte mich einfach nicht zum Aufräumen überwinden können.
„Ein bisschen wild hier“, murmelte ich und stellte meine E-Gitarre in die Ecke.
Yan sah sich um. „Gefällt mir, dein Zimmer.“
Sein Blick blieb am Bücherregalen hängen. „Du liest wohl viel, was?“
„Das bleibt nicht aus. Meine Mutter ist Buchhändlerin“, erklärte ich lächelnd. Ich las wirklich gern und viel – es war gut, dass ich solche *connections* hatte.
Er kniete sich vor mein CD-Regal. „Und du hast supergeile CDs!“
„Wenn du möchtest, brenne ich dir mal ein *best of* ... Magst du suede?“
Er nickte. „Klar, sehr sogar! Die kommen jetzt nach Deutschland, aber ich darf sicher nicht hin ...“ Er seufzte leise und stand auf. „Ich hab das Video *Love and Poison*. Da sieht Brett so absolut geil aus.“
„Das müssen wir mal zusammen anschauen!“, rief ich begeistert. Mein Gott, Yan war auch ein suede Fan! Das konnte doch gar nicht sein ... Soviel Glück konnte ich nicht haben! Das war einfach zuviel ...
„Ich hatte mal ein Poster von Brett an der Wand, aber ...“ Yan stockte und wechselte abrupt das Thema. „Du hast sicher einen schönen Ausblick ...“
Mein Schreibtisch stand genau vor dem großen Fenster und selbst im Dunkeln konnte man die riesige, alte Buche in unserem Garten erkennen.
„Ja ...“
„Euer Haus ist ziemlich groß. Wer wohnt hier alles?“
„Nur meine Eltern, mein Bruder Malte und ich. Wir haben das Haus schon vor ... hm ... 10 Jahren oder so von der Großtante

meiner Mutter geerbt. Echt Glück gehabt ... im Unglück", fügte ich schnell hinzu, damit Yan nicht dachte, ich hielte den Tod meiner Großtante (die ich gar nicht gekannt hatte) für einen Glücksfall. In Gedanken war ich allerdings schon bei dem Konzert und malte mir aus, wie es wäre, wenn Yan und ich zusammen dorthin gehen würden ... als Paar. Mit Yan zum suede Gig ... wirklich ein Traum.

Yan setzte sich auf meinen Schreibtischstuhl.

„In Frankfurt haben wir in einem Reihenhaus gewohnt. Jetzt wohnen wir in einer Wohnung. Die ist auch ziemlich groß – aber ohne Terrasse oder Garten ..." Er seufzte leise. Dann sah er mich durchdringend an.

„Ich glaube, ich habe einen Riesenfehler gemacht! Wenn mein Vater das rauskriegt, bin ich geliefert!"

„Warum sagst du so was?", fragte ich erschrocken und setzte mich auf mein Bett.

„Oh man, ich weiß gar nicht, wo ich anfangen soll?!" Er wirkte echt verzweifelt. „Ich kann nicht mehr nach Hause zurück! Wo soll ich bloß bleiben?"

„Du könntest deinen Eltern erst mal sagen, dass du bei einem Freund übernachtest."

Yan verzog das Gesicht. „Ich darf nicht bei anderen Leuten übernachten. Mein Vater hat mir das ausdrücklich verboten. Und – zu Recht ...", er lachte völlig humorlos, „Auf der Klassenfahrt habe ich das erste Mal wieder woanders geschlafen – und ich bin direkt bei dir im Bett gelandet. – Ich hab wirklich keine Ahnung, wie es weitergehen soll, Robbie. Ich kann unmöglich nach Hause ... mein Vater würde mich totschlagen! Er weiß es sofort. Er schaut mich nur an und weiß es."

„Du darfst nicht bei anderen Leuten übernachten?", fragte ich noch einmal nach.

„Nein." Er vergrub das Gesicht in seinen Händen, dann sprang er plötzlich auf und begann im Zimmer hin und her zu tigern. „Ich ... ich erzähl dir jetzt einfach alles. Von Anfang an. Sonst verstehst du eh nicht, was ich meine ..."

Damit hatte er wohl recht; bisher hatte ich ihm nicht wirklich folgen können.

„Ich weiß schon länger, dass ich schwul bin", begann er

hektisch, „aber ich hab mich nie getraut, es irgendwem zu sagen. Mein Vater verdrischt mich so schon wegen jedem Scheiß! Ich hätte es nie gewagt, das auch nur anzudeuten! – Im letzten Jahr dann habe ich einen Jungen kennen gelernt – Jens. Ich ... war nicht verknallt, aber wir haben halt ein bisschen rumgemacht. Ich bin unvorsichtig gewesen ... meine Eltern haben regelmäßig meine Sachen durchsucht. Das wusste ich damals noch nicht. Sie haben einen Brief gefunden ... von Jens. Einen richtig versauten Brief, in dem er schrieb, was er alles mit mir machen will ...“
Yan holte tief Luft.
„Mein Vater hat mich zur Rede gestellt und mich dann verprügelt. Er hat ...“ Yan warf mir einen gequälten Blick zu, „Ich musste richtig die Hose runterlassen! Aber das war nur der Anfang! Als er mit mir fertig war, konnte ich eine Woche nicht zur Schule.“ Er zitterte jetzt am ganzen Körper.
„Ich konnte Jens zum Glück eine Nachricht senden ... dass wir uns nicht mehr treffen können. Mein Cousin hat mir geholfen. Der hat immer zu mir gehalten ... Und der hat mir auch gesagt, dass mein Vater mich beobachten lässt! Er ist total krank! – Ich hab das ganze letzte Jahr wie im Gefängnis gelebt. Ich musste aus allen Vereinen raus, hab nur noch zu Hause gesessen und gelernt. – Dann wurde mein Alter versetzt und ich hab mir eingeredet, dass ich hier ganz neu anfangen kann. Und was mache ich? Ich bau die gleiche Scheiße noch mal! – Er wird mich totschlagen, Robbie! Du weißt gar nicht, was für eine Scheißangst ich habe!“
Ich war wie versteinert. Das konnte doch nicht wahr sein! So langsam begriff ich Yans Verhalten. Wie konnten Eltern ihren Kindern nur so etwas antun?
„Aber es ist doch verboten, dass Eltern ihre Kinder schlagen“, wandte ich vorsichtig ein.
Yan sah mich entgeistert an. „Meinst du, das interessiert den Alten? Der schlägt mich mit seinem Scheiß-Gürtel, wenn ich nicht genau das mache, was er will ... Und meine Mutter findet das okay. Sie hält immer zu ihm!“
Ich stand auf. „Yan.“
Er drehte sich zu mir um. Seine Augen waren riesig und voll Angst.

„Wir überlegen uns was! Du musst nicht zu deinen Eltern zurück!“
Er lächelte so kalt, dass ich eine Gänsehaut bekam. „Wie soll das funktionieren? Wo soll ich denn wohnen? In einem Heim?“
Ich schüttelte energisch den Kopf. „Ich meine es verdammt ernst, Yan! Wenn dein Vater dich misshandelt, kann niemand von dir verlangen, dass du nach Hause gehst!“
Er sah mich lange an. Seine Augen füllten sich mit Tränen, doch er versuchte, dagegen anzukämpfen.
„Du bist der erste Mensch, dem ich das alles erzähle“, sagte er mit zittriger Stimme. „Alles immer versteckt ... den ganzen Schmerz und die Angst ... alles hinter der Fassade der heilen Familie versteckt ... Verlogene Welt! – Ich hab das Spiel mitgespielt. Dieses verfluchte Spiel ... Scheiße ...“ Er schluchzte auf.
Ich nahm ihn in den Arm und drückte ihn ganz fest an mich. „Das brauchst du nicht mehr. Wir finden schon einen Ausweg“, flüsterte ich. Ich spürte, wie sein Körper sich immer wieder krampfhaft zusammenzog. Vorsichtig schob ich ihn zu meinem Bett, so dass wir uns darauf setzen konnten.
„Ich helf dir, Yan.“ Auch wenn ich im Moment noch nicht recht wusste, wie.
Er schniefte. „Wissen deine Eltern eigentlich ...“
„... dass ich schwul bin? – Ja. Und ich bin echt froh darüber, dass sie so super reagiert haben.“
Yan wischte sich die Tränen aus dem Gesicht. „Tut mir leid, du musst mich für ein totales Weichei halten. Ich heul hier rum ...“
Ich zuckte mit den Schultern und lächelte ihm aufmunternd zu. „Du weißt gar nicht, wie ich in den letzten Tagen hier gesessen hab. Wegen dir ...“
„Ja! Das tut mir auch so unendlich leid! Ich ... ich bin schuld, dass sie dich zusammengeschlagen haben! Ich weiß gar nicht, wie ich das wieder gutmachen kann ...“ Yan sackte in sich zusammen wie ein Häufchen Elend.
„Ich wüsste da schon was ...“, flüsterte ich.
„Ja? Was denn?“ Yan sah mich an, dann begannen seine Augen zu leuchten. Er erriet meine Gedanken. „Warum nicht? Ich bin eh zum Tode verurteilt ...“

Ich gestattete ihm diese Melodramatik. Uns würde schon was Vernünftiges einfallen – da war ich mir ganz sicher. Aber jetzt wollte ich erst mal Yan.
Etwas unsicher schlang ich die Arme um ihn und zog ihn mit auf mein Bett. Es war so unbeschreiblich schön, ihn in den Armen zu halten. Wir kuschelten zunächst nur, berührten uns ganz vorsichtig. Yan küsste meinen Hals und machte mich damit ganz *wuschig*. Ich konnte gar nicht mehr klar denken. Als wir uns dann richtig küssten, war es, als hätte jemand ein Feuerwerk in meinem Kopf gezündet. Yan war sehr zärtlich wegen meiner aufgeplatzten Lippe und trotzdem war dieser Kuss einfach phänomenal!
Ich bemerkte, dass auch er geil wurde. Er drängte ein Knie zwischen meine Beine und ich spürte seine Erektion an meinem Oberschenkel. Meine Hände wanderten unter seinen Pullover – es war der Wahnsinn, als ich seine nackte Haut endlich anfassen konnte.
Vor lauter Aufregung begann ich zu zittern. Ich wusste gar nicht mehr, wo ich mich lassen sollte!
Seine Hände streichelten meine Brust und wanderten tiefer bis zu meinem Hosenbund. Dort hielt er inne und grinste mich an. Die Lust schien seine panische Angst für den Moment verdrängt zu haben.
Unsicher grinste ich zurück.
„Du zitterst“, stellte er fest. Langsam, Knopf für Knopf, öffnete er meine Hose. Dann legte er sich auf mich und rollte sich mit mir zusammen herum, bis ich oben lag.
„Du bist so leicht ...“
Ich lachte leise. Seinen Körper zu spüren, ihn zu riechen und anzufassen, war das, wovon ich geträumt hatte.
Ich grub die Finger in seinen Rücken und ertastete die festen Muskeln und Sehnen. Das war noch viel schöner, als ich es mir vorgestellt hatte!
Wir rieben uns aneinander, bis Yan mich keuchend von sich herunterrollte. „Hör auf, sonst kommt es mir gleich in der Hose!“
Das ließ ich mir nicht zweimal sagen – rasch öffnete ich seine Hose und fasste an seinen Schwanz – und in dem Moment kam

es ihm dann. Nur mühsam unterdrückte er ein Aufstöhnen.
Ich fühlte alles auf einmal: sein heißes Sperma auf meiner Hand, ich war noch immer wild, aufgedreht, glücklich – UND ICH HÄTTE SCHREIEN KÖNNEN! – Das tat ich aber nicht. Statt dessen schmiegte ich mich dicht an Yans Körper und wartete, bis er wieder zu Atem gekommen war.
Er hatte sich so gut angefühlt, so glatt und hart. Allein der Gedanke daran ließ mich leise aufstöhnen.
Er drückte mir einen heißen Kuss auf die Stirn. Und dann befasste er sich ausgiebig mit mir. Und er nahm sich viel mehr Zeit, half mir, mich ganz auszuziehen. Es war merkwürdig, dass ich gar nichts mehr anhatte und er noch seine Hose trug.
„Du bist so dünn und zerbrechlich", flüsterte er und berührte vorsichtig die dunklen Blutergüsse. „Und ich ... ich habe zugelassen, dass sie auf dir herumgetrampelt haben ... es tut mir so leid ..."
Ich wollte ihm sagen, dass es gar nicht mehr so schlimm war, doch ich konnte nicht sprechen. Die Worte fehlten mir einfach.
Er küsste meine Brust und meinen Bauch, seine Hände zogen heiße Linien auf meinem Körper. Ich wand mich unter seinen Berührungen, überließ mich ganz seiner Führung. Er hatte viel mehr Erfahrung als ich. Und das machte es sehr schön.
Doch plötzlich öffnete sich die Tür! Ich zuckte zusammen, drehte den Kopf und sah Malte im Türrahmen stehen. Er schaute ein wenig skeptisch auf uns hinunter und ich merkte, wie Yan sich anspannte. Er war jederzeit bereit, vom Bett aufzuspringen und die Flucht zu ergreifen.
Doch Malte sagte nur: „Oh, Entschuldigung." Dann grinste er. „Weitermachen."
Ich bemerkte, wie mir das Blut ins Gesicht schoss, doch da hatte er die Tür schon wieder geschlossen.
Es dauerte einen Moment, bis wir wieder „in Stimmung" waren. Aber dann war es phantastisch. Und als wir danach zusammen lagen und uns zärtlich überall berührten und küssten, wollte ich, dass das niemals endete.
Ich bin halt ein Träumer – aber da gab es noch einige Dinge, die „geklärt" werden mussten. Und das war alles andere als angenehm.

Später, viel später saßen wir zusammen im Wohnzimmer, meine Eltern, Malte, Yan und ich.
Yan kauerte in der äußersten Ecke des Sofas und sah sehr angespannt aus. Er starrte angestrengt auf seine Schuhe und gab nur einsilbige Antworten.
Mein Dad sah mich nachdenklich an. „Ich denke, ihr habt euch das genau überlegt und das ist nicht irgendeine Laune. Ich werde dann morgen sowohl diese Organisation *Lambda* als auch das Jugendamt kontaktieren. Dann schauen wir mal, ob wir einen Termin hinkriegen." Er überlegte und legte dabei die Stirn in Falten. „Zum Glück kenne ich einen fähigen Mitarbeiter beim Jugendamt. Die sind da echt manchmal von vorgestern ..."
Ich nickte erleichtert. „Also kann Yan erst mal bei uns bleiben?"
Meine Eltern tauschten einen kurzen Blick. „Ja, unseretwegen schon."
Ich hätte sie in diesem Moment umarmen können.
„Allerdings müssen Yans Eltern informiert werden."
„Die bringen mich um", flüsterte Yan.
„Na, wir sind ja auch noch da", beruhigte ihn mein Vater. „Ich werde sie heute Abend erst mal anrufen, damit sie sich keine Sorgen machen. Sie sollen ja nicht die Polizei einschalten. Die andere Möglichkeit wäre natürlich für dich, in eine Jugendschutzstelle zu gehen. Aber wir haben ja hier genug Platz – insofern kannst du auch bei uns bleiben."
„Dann müssen wir aber irgendwann Yans Sachen holen", warf ich vorsichtig ein.
Meine Eltern nickten.
„Alles der Reihe nach."
„Ich kann nicht nach Hause zurück", sagte Yan so leise, dass ich ihn kaum verstand. „Der Alte tötet mich ..."
„Hier wird keiner umgebracht, und auch sonst wird keiner zu Schaden kommen!", polterte mein Vater.
Malte lachte über diesen Auftritt, und das nahm die Spannung aus der Situation. „Es sprach *Polizeioberinternetforscher* Christopher von Heydt."
Ich grinste.
„Aber eines ist mir noch wichtig", meldete sich meine Mutter zu Wort. Sie sah ein wenig verlegen drein. „Ihr beiden ... ihr seid

doch jetzt zusammen, oder?“
Ich sah zu Yan – und Yan zu mir. Dann nickten wir beide.
„Wenn Yan erst mal bei uns bleibt, möchte ich nicht, dass ihr die ganze Zeit ...“, sie räusperte sich, „dass ihr nur im Bett herumhängt. Wenn ihr versteht, was ich meine?!“
Jetzt wurde auch Yan knallrot.
„Klar“, sagte ich und war ziemlich peinlich berührt.
Meine Eltern beschlossen also, dass Yan zunächst in unser Gästezimmer einziehen sollte. Mir wäre es natürlich tausendmal lieber gewesen, wenn er bei mir im Zimmer hätte schlafen können. Aber darüber wollten meine Eltern gar nicht erst diskutieren. Malte hätte auch kein Mädchen bei sich im Zimmer schlafen lassen dürfen! Aber einen Jungen, wandte ich ein. Meine Eltern verdrehten nur die Augen.
Yan bekam das Gästezimmer am Ende des Flurs.

XVIII

or we could go dreaming, see?

Am nächsten Tag gab es eine Unmenge von Dingen zu erledigen. Meine Eltern saßen die ganze Zeit am Telefon und ich hatte ein schrecklich schlechtes Gewissen, weil sie für unsere Probleme ihre letzten Urlaubstage opferten.
Mein Vater rief beim Jugendamt an und bei Lambda, er verabredete Termine, besprach sich mit seinen Kollegen von der Polizei (weil Yans Vater gestern am Telefon schon ausfällig geworden war) und mit dem Schulpsychologen. Das war ein ziemlicher Aufstand wegen uns, echt.
Yan nahm Kontakt zu seiner alten Schule auf und telefonierte lange mit seinem Cousin Stephan in Hessen, damit dieser im Notfall bestätigen konnte, dass Yan wirklich von seinem Vater misshandelt wurde. Als er mit den Lehrern an seiner alten Schule sprach, erfuhr er, dass zumindest sein Klassenlehrer geahnt hatte, wie es bei Yan zu Hause abgegangen war.
Yan machte ihm keinen Vorwurf, weil er das niemals angesprochen hatte. Wahrscheinlich hätte er, Yan, es damals

auch geleugnet.
Das Jugendamt teilte uns dann mit, dass Yans Eltern auf stur stellten. Es würde schwierig werden, seine Sachen aus der Wohnung zu holen. Doch davon ließ mein Dad sich nicht beeindrucken. Er selbst rief noch am gleichen Abend bei Yans Eltern an und drohte mit einer Anzeige wegen Kindesmisshandlung, wenn sie sich nicht etwas kooperativer zeigten. Frau Karmann ließ sich davon einschüchtern, dass mein Vater sich mit seinem Dienstgrad gemeldet hatte und eine Anzeige wollte sie schon gar nicht. Deswegen teilte sie uns mit, wann ihr Mann in der nächsten Woche arbeitete. Offensichtlich war er nur seinem Sohn gegenüber gewalttätig – das hatte Yan auch bestätigt.
In der Schule sagten wir nichts.
Nicht, dass Yan bei uns einziehen sollte und schon gar nicht, dass wir zusammen waren.
Yan war der Meinung, dass das alles für ihn zuviel wäre. Und ich konnte das verstehen.
Ich erzählte nur Janine und Nicky, was passiert war.
„Ihr seid zusammen?“, fragte Janine noch einmal ungläubig.
Wir standen zusammen in der Pause, ein Stück weit entfernt von den anderen und ich achtete peinlich genau darauf, dass uns niemand belauschen konnte.
„Und wie soll das nun weitergehen?“, wollte Nicky wissen.
Ich sah sie unsicher an. „Das weiß ich auch noch nicht so genau. Yan kann nicht zurück zu seinen Eltern. Er wohnt erst mal bei uns.“
„Und in der Schule?“
Ich zuckte mit den Schultern. „Keine Ahnung. Ich weiß es echt nicht ...“
„Ob das die richtige Entscheidung war“, zweifelte Janine und brachte mich damit auf die Palme.
„Natürlich ist es richtig“, sagte ich kühl. Ich wollte mich nicht mit ihr streiten, aber warum fing sie jetzt auch noch an herumzunörgeln?
„Ich meine nur, es ist alles ein bisschen überstürzt“, rechtfertigte sie sich.
Nicky sah sie skeptisch an. „Aber wenn Yan nicht zurück kann

... Dann muss man sich eben schnell was einfallen lassen!"
„Ich rede auch nicht von Yan und seinem Problem! Sondern davon, dass Robbie und Yan zusammen sind!"
Ich verstand gar nichts mehr und auch Nicky runzelte die Stirn.
„Äh, wir wollen nicht gleich heiraten ...", sagte ich.
„Mann, du raffst aber auch nichts", stöhnte Janine.
„Nee, im Moment versteh' ich echt nicht, was du meinst."
„Ich meine", erklärte Janine, als rede sie mit einem Kleinkind, „dass Yan vielleicht gar nicht in dich verliebt ist und du nachher dastehst mit deinem Liebeskummer! Du kennst ihn doch gar nicht richtig!"
Der Gong beendete die Pause und damit auch unser Gespräch. Und das war gut so, denn vielleicht hätte ich mich mit Janine noch richtig gezofft!
In der Klasse schien alles wie immer. Sven und Alex wussten zwar von Yan und mir – aber sie hängten es nicht an die große Glocke, was mich zumindest bei Alex arg verwunderte. Weil der sonst jede Story gleich weitererzählte. Aber wahrscheinlich hatte Sven ihn bearbeitet.
Und so taten Yan und ich am Freitag während der Schulzeit so, als wäre nichts passiert und sobald wir die Haustür hinter uns geschlossen hatten, knutschten wir wie die Wilden und konnten kaum die Finger voneinander lassen.
Ich hätte es so gern öffentlich gemacht, dass wir jetzt ein Paar waren. Ich war so glücklich! Aber Yan konnte sich einfach nicht durchringen.
„Ich muss mich jetzt mit so vielen anderen Sachen beschäftigen", hatte er gesagt.
„Ja, ich weiß. Aber dieses so-tun-als-wenn-nichts-wäre finde ich furchtbar!"
Er vertröstete mich. „Wenn alles geregelt ist mit meinen Eltern, dann hab ich den Kopf wieder frei."
Ich sah ihn ein wenig säuerlich an. „Aber ob du dann mutiger bist ...?"
Er überhörte meine Bemerkung einfach und ich wusste, dass ich ungerecht war. Es belastete mich nur so, dass wir alles heimlich tun mussten. Na ja, vielleicht hatte sich die Situation in der nächsten Woche auch etwas entspannt.

Am Abend überraschte Yan mich dann mit der Frage: „Sollen wir zusammen baden?"
Das hatte ich schon ewig nicht mehr gemacht!
„Ja, gern!"
Ich ließ Wasser in die Wanne laufen und holte ein paar Teelichter, die ich im Bad aufstellte.
Malte war bei Nicky – von daher hatten wir das Badezimmer ganz für uns allein. Und nicht nur das Bad: Meine Eltern waren nämlich heute im Kino!
„Wo habt ihr denn so'n Schaumzeug?"
„Rechts im Spiegelschrank", antwortete ich.
Als ich wieder ins Bad kam und die Teelichter anzündete, saß Yan auf dem Badewannenrand und sah zu, wie sich so langsam Schaum auf der Wasseroberfläche bildete.
Ich küsste ihn auf den Nacken und spürte, wie er erschauderte.
„Ist die Temperatur so okay?"
Er ließ die Hand durch das Wasser gleiten. „Hm, ja."
Ich begann mich auszuziehen.
Yan ebenfalls. Als wir beide nackt waren, sah er mich an. Zärtlich berührte er die Prellungen und blauen Flecke an meinem Körper. Seine Augen hielten meinen Blick fest.
„Was hast du da eigentlich am Arm? Ich hab das schon beim Sportunterricht gesehen."
Blut schoss in mein Gesicht. Fieberhaft überlegte ich nach einer Ausrede, als ich vorsichtig den Verband löste. Ich hatte ihn eh zum Baden abmachen wollen. Aber mir wäre es lieber gewesen, wenn er nicht gefragt hätte.
Der Schnitt war dunkel verkrustet und sah schon recht eindrucksvoll aus.
„Da hab ich mich geschnitten", sagte ich leise. Das entsprach der Wahrheit und konnte alles mögliche heißen.
„Geschnitten? Wie denn das?" Yan merkte wohl, dass ich nicht darüber sprechen wollte. „Ich dachte, das wäre bei der ... Prügelei entstanden ..."
Ich wandte mich von ihm ab und kletterte langsam in die Badewanne. Das Wasser war angenehm heiß.
„Ich hatte halt einen schlechten Tag", bemerkte ich betont gleichgültig. Ich wollte nicht darüber reden; es war mir peinlich,

dass ich mich so heftig selbst verletzt hatte. Als ich es getan hatte, ja, da hatte ich gewollt, dass Yan es wusste. Dass er *sah*, wie sehr ich litt. Aber jetzt war es mir unangenehm ...
Yan folgte mir in die Wanne. Er sah wunderschön aus im Kerzenlicht. Seine Schultern waren breiter als meine und obwohl er nicht viel größer oder übermäßig muskulös war, kam ich mir neben ihm vor wie ein Kind.
Er zog mich an sich, so dass ich mit dem Rücken an seinem Brustkorb lehnte und fuhr mit den Händen über meine Brust.
„Was meinst du mit *schlechten Tag*?“, fragte er einschmeichelnd.
Ich schloss die Augen und genoss seine Berührungen.
„Ich hab's selbst gemacht, den Schnitt“, antwortete ich heiser. „Frag bitte nicht weiter, Yan! Es war eine bescheuerte Idee und ich mach es nicht wieder!“
Widerwillig gab sich Yan damit zufrieden. Ich fragte mich, was er jetzt wohl über mich dachte. Vielleicht hielt er mich für verrückt? Aber eventuell gab es ja mal die Möglichkeit, das alles zu erklären. Später.
Im Moment wollte ich nur mit ihm zusammen sein und seinen Körper spüren.

Später abends, ich war noch mal in die Küche gegangen, um etwas zu trinken zu holen, traf ich auf Malte. Der war gerade nach Hause gekommen – und seine Augen leuchteten.
Überschwänglich schlang er die Arme um mich und gab mir einen schmatzenden Kuss auf die Stirn.
Erstaunt sah ich ihn an. „Was ist denn mit dir los?“
Er strahlte mich an.
„Malte? Alles okay bei dir?“ Ich dachte schon, er hätte vielleicht was eingeworfen.
„Und wie!“
Jetzt dämmerte es mir. „Sag mal, hast du ... habt ihr vielleicht ...?“
„Ja, haben wir“, sagte er gedehnt. Er grinste von einem Ohr zum anderen.
„Und – wie war's?“

Er lehnte sich gegen die Kühlschranktür. „Es war phantastisch! Es passte echt alles ... na ja, fast alles.“
„Ich hoffe, für Nicky war es auch schön.“
Malte schloss kurz die Augen. „Hm ja, hatte schon den Eindruck, als ob es auch für sie schön war. Ich hab mich jedenfalls ganz gut angestrengt.“
Ich lachte leise. „So, hast du das ...“
Er sah mich an und grinste. „Ja, was meinst du?! Das war doch das erste Mal für Nicky ... da kann man nicht so heftig zur Sache gehen ... ich fands jedenfalls richtig ... ähm, klasse und hoffe, dass es noch einige Wiederholungen gibt.“
„Da kann ich Nicky in der Schule ja mal fragen ...“
„Nein!“ Malte sah mich schockiert an. „Das willst du doch wohl nicht machen?! Du darfst ihr nicht sagen, dass ich es dir erzählt habe, okay?“
Ich grinste. „Das war ein Scherz, Malte!“
„Ich glaube, sie würde es nicht so prall finden, wenn sie wüsste, dass ich mit dir darüber rede. Auch wenn sie mit dir befreundet ist.“
„Ich sag schon nichts, keine Angst.“
Malte holte sich ein Glas aus dem Schrank und goss sich Wasser ein.
„Und bei dir?“
„Alles okay.“ Ich grinste ihn an. „Hat sich gelohnt zu warten, was?“
„Und wie ...“ Maltes Gesichtsausdruck sprach Bände. Dann wurde er wieder ernster. „Du, ich hatte es dir ja noch gar nicht gesagt, aber als ich gestern Abend den Yan bei dir im Bett gesehen habe ...“
Ich sah ihn fragend an.
„Da hätte ich ihn am liebsten rausgezerrt und ihm eine aufs Maul gehauen!“
„Was?“ Ich war total erschrocken. War es nun vorbei mit Maltes Toleranz? Konnte er es doch nicht ertragen, dass sein kleiner Bruder mit Typen ins Bett ging?
Doch er meinte etwas ganz anderes. „Nach dem, was der mit dir gemacht hat! Immerhin ist er doch Schuld, dass du verprügelt

wurdest! – Aber er hat wohl selbst so einen Scheiß miterlebt. Das ist mir dann klar geworden ...“

Ich biss mir auf die Unterlippe und nickte.

„Hauptsache, du bist glücklich!“ Wieder schlang er seine kräftigen Arme um mich und drückte mich an sich. „Meine kleine Elfe ...“

Ich lachte darüber und versuchte spielerisch, mich von ihm loszumachen. Aber ich genoss seine Zuneigung – wer sonst hatte wohl noch so einen tollen Bruder?

XIX

love and poison

Ich musste all meine Überredungskünste aufwenden, damit Yan mit zu Michelles Geburtstagsparty kam. Ich hatte mich mit Nicky und Janine verabredet und wollte nicht, dass er allein bei uns zu Hause herum saß. Davon abgesehen hatte er auch eine Einladung bekommen.

Etwas Abwechslung tat ihm sicher gut, dass hatte ich gedacht. Doch meine gute Laune bekam den ersten Dämpfer, als er erklärte, dass wir dort nicht als Paar auftreten würden und den zweiten, als er sich sofort nach unserer Ankunft absetzte.

Im Prinzip war es klar gewesen, dass es so laufen würde – trotzdem war ich gekränkt. Er servierte mich in der Öffentlichkeit eiskalt ab.

So hielt ich mich den Abend über bei Nicky und Janine auf, trank Bier und Wein durcheinander und ließ mich sogar auf ein längeres Gespräch mit Michelle ein, die übers ganze Gesicht strahlte. Sie war offensichtlich total verknallt in mich.

Ich versuchte, Yan nicht die ganze Zeit zu beobachten; aber das fiel mir schwer. Zwischenzeitlich war er allerdings verschwunden und ich hatte nicht mitbekommen, mit wem er abgehauen war. Ich ging allein nach draußen, um eine zu rauchen – doch dort war auch niemand, den ich kannte.

Als ich gerade meine Kippe angezündet hatte, kam Nicky an.

„Du Robbie ... ich muss dir was sagen ...“

Ich horchte auf. Warum machte sie so ein Gesicht?
„Was denn?"
Sie zögerte, druckste herum. Was war passiert?
„Ich hab zufällig gesehen, dass Yan wieder mit Benny und Kevin herumhängt ..."
Ich versuchte, gleichgültig zu wirken und zuckte mit den Schultern. „Muss er selber wissen ..."
„Sie haben über dich geredet, Robbie! Und Benjamin, dieses Arschloch, hat dich als Schwuchtel und Nutte bezeichnet!"
Ich zuckte zusammen.
„Yan hat dich nicht verteidigt ...", fügte sie leise und empört hinzu.
„Er hat dich überhaupt nicht in Schutz genommen ... ich finde, du solltest das wissen, ehe ihr da so eine Riesenaktion plant ..."
„Was meinst du?", fragte ich heiser. In meinem Kopf drehte sich alles.
„Ich meine, vielleicht will er einfach nur zu Hause raus und nutzt dich aus?! Vielleicht spielt er dir was vor?"
Ich starrte Nicky an; in mir zog sich alles zusammen, doch ich bemühte mich um Ruhe. „Das glaub ich nicht, Nicky. Er ist einfach noch durcheinander."
Sie nickte. „Vielleicht hast du recht. Hoffentlich. Aber ich wollte es dir trotzdem sagen."
Als ich den Partyraum wieder betrat, war ich wie in Trance. Ich nahm alles nur noch wie durch einen Nebel wahr. Yan saß wieder auf dem Sofa in der Ecke. Unsere Blicke trafen sich kurz, aber ich sah schnell weg. Konnte das sein? War er wirklich so eiskalt?
Ich besorgte mir erst mal noch eine Flasche Bier, dann hockte ich mich wieder zu Michelle. Wenn Yan meinte, so mit mir umspringen zu können, hatte er sich getäuscht. Warum verletzte er mich immer so? Ich konnte das überhaupt nicht verstehen.
Später am Abend – und nach einigen weiteren Flaschen Bier – fing ich an, mit Michelle herumzuknutschen. Das war sicher der größte Mist, den ich machen konnte. Aber ich wollte, dass Yan eifersüchtig war! Er sollte mich beachten! Ich hielt das so einfach nicht mehr aus!
Michelle war absolut happy – ich bekam nicht mehr viel mit.

Irgendwann zog Sven mich von ihr weg und zerrte mich nach draußen. Dort verpasste er mir eine Ohrfeige. „Sag mal, spinnst du?“
Ich war total verdattert. Was war nun los? Wie kam er dazu, mich zu schlagen? Der hatte sie wohl nicht mehr alle ...
„Yan sitzt seit einer halben Stunde auf'm Klo und heult.“
Oh Gott, das hatte ich gar nicht mitgekriegt. Irgendwie hatte ich ihn aus den Augen verloren (kein Wunder, wenn man herumknutschte) und war weiter davon ausgegangen, dass er mich beobachtete und sich hoffentlich schwarz ärgerte.
„Robbie? Bist du hier?“ Das war Michelle. „Sven? Robbie?“
„Shit“, fauchte Sven und zog mich hinter sich her ins Gebüsch. Dort hielt er mich ganz fest umklammert, damit ich nicht abhauen konnte. Aber das hatte ich eh nicht vor.
„Robbie?“
Mann, was hatte ich nun wieder angerichtet ... Jetzt machte sie sich Hoffnungen – vielleicht dachte sie sogar, dass wir nun miteinander gehen würden?!
Die Schritte entfernten sich.
„Von Heydt, manchmal bist du ein echtes Arschloch!“
Ich starrte ihn wütend an. „Kannst du dir eigentlich vorstellen, wie es mir geht, wenn Yan mit Benny und Kevin abhängt? Und so tut, als wäre nichts gewesen?“
„Benny und Kevin? Du bist doch nicht auf diese Typen eifersüchtig!?“
„Nein, verdammt! Die beiden haben mich zusammengeschlagen.“
Sven starrte mich an. „Die??“
Ich sah ihm an, wie es in seinem Hirn arbeitete.
„Ja, und ihr komischer Kumpel Sascha ...“
„Und das lässt du dir gefallen? Warum hast du das niemandem gesagt?“
„Was soll ich denn verdammt nochmal machen?“
„Du hättest es sagen müssen, du Trottel!“
Ich fuhr mir mit den Händen durch die Haare. „Die erpressen mich!“
„So ... womit denn?“
Ich schüttelte verzweifelt den Kopf. „Kann ich nicht sagen ...

echt nicht.“
„Jetzt red’ schon!“ Er zerrte mich hinter sich her und presste mich dann gegen die Hauswand. Hier standen wir im Dunkeln, geschützt. Niemand konnte uns sehen.
Sven war mir sehr nah, seine Augen blitzten. „Du kannst mir vertrauen, das weißt du doch.“ Seine Stimme war nun ein wenig sanfter.
„Ich weiß“, sagte ich und versuchte, wieder etwas nüchterner zu werden. „Aber das ist einfach peinlich.“
„Robbie, verdammt! Ich kann dir nicht helfen, wenn du mir nicht sagst, worum es geht!“
Ich nickte langsam. Er hatte recht.
„Sie ... sie wollen herumerzählen, dass ich ein Stricher bin ...“ Ich seufzte.
Sven sah mich überrascht an. „Ein Stricher? Wie kommen sie denn darauf? Nur, weil du auf Jungs stehst?“ Ihm war offenbar klar, dass Benny und seine Leute das mindestens schon wussten.
„Nein, ich ... ähm ...“ Ich zögerte. „Ich hab’s einmal gemacht ... für Geld.“ Jetzt war es raus.
„Aber doch nicht mit einem von *den* Typen?“, fragte er ungläubig.
Ich schüttelte hastig den Kopf. „Nein, um Gottes Willen! – Aber sie haben es wohl ... irgendwie rausgekriegt ...“ Ich starrte Sven an, versuchte, seine Gedanken aus seinem Gesichtsausdruck zu lesen. „Findest du mich jetzt ... abstoßend?“
Er grinste. „Nee, von Heydt ... ich find dich faszinierend. Wer weiß, wenn du mal nicht mehr in Yan verschossen bist ...?“ Er schenkte mir einen vielsagenden Blick.
„Häh? Bist du ... ich meine, stehst du auch auf Jungs?“, fragte ich verunsichert.
Er schüttelte den Kopf. „Nein, glaube nicht. Aber bei dir ... da könnte ich echt schwach werden. Aber – lass uns hier nicht rumlabern. Jetzt gehts um Benny und die Arschlöcher ...“
Ich verstand im Moment nur Bahnhof.
„Dass die dich erpressen, ts ts ts ... Mit so was sollten sie echt nicht durchkommen.“
Sven grinste hinterhältig. „Ich weiß schon was. – Los, geh’ zu Yan. Ich besorg den Rest. – Aber dafür erwarte ich ...“, er

überlegte einen Moment, „einen fetten Kuss ... mindestens."
Er lachte leise und ich nickte ein wenig verstört. Keine Ahnung, was er vorhatte und überhaupt war der Mann mir ein Rätsel – doch ich kehrte ins Haus zurück. Zum Glück begegnete ich Michelle nicht, als ich die Treppe in die erste Etage erklomm. (Wie ich ihr mein Verhalten erklären sollte, wusste ich auch noch nicht.) Laut Sven hatte Yan sich im oberen Badezimmer eingeschlossen.
Vorsichtig drückte ich die Klinke – es war abgeschlossen.
„Yan?"
Ich legte mein Ohr an die Tür. „Yan, bist du da drin?"
„Was willst du?" Yans Stimme klang belegt.
„Mach auf!", forderte ich. „Wir müssen darüber reden."
„Da gibts wohl nichts zu reden", fauchte er.
„Mach jetzt auf, verdammt!", schrie ich gegen die geschlossene Tür. Ich war kurz davor, sie einzutreten.
Und tatsächlich – er öffnete. Feindselig musterte er mich aus roten, verheulten Augen.
Aber noch bevor er etwas sagen konnte, nahm ich ihn in den Arm und küsste ihn. Damit erstickte ich seine Wut; er wehrte sich nicht. Ich hatte ja mit einem Kampf gerechnet.
„Ich wollte dich nur eifersüchtig machen", flüsterte ich. „Ich bin ein Idiot ..."
Er schniefte. „Hat ja super funktioniert dein Plan."
Wir lösten uns voneinander.
„Nicky hat mir gesagt, dass Benny über mich gelästert hat – und du hast mich nicht in Schutz genommen ..." Traurig sah ich ihn an. „Das tut wirklich weh ..."
Er nickte geknickt. „Ich bin eine feige Sau, es tut mir leid ..."
Aber ich winkte ab. Ich war zu müde und zu betrunken, um mit ihm zu diskutieren. Und ich wollte nicht mit ihm streiten.
„Vielleicht können wir auch irgendwann normal ..."
„Robbie? Yan? Seid ihr hier?"
„Das ist Nicky", sagte ich. Dann stieß ich die Tür auf. „Hier!"
Als sie Yan und mich aus dem Bad kommen sah, zögerte sie erst.
„Kommt mit runter! Sven hat einen Wahnsinnsgag geplant – mit Benny ...! Ich lach' mich jetzt schon schlapp!"

„Der war doch eben schon so dicht“, warf Yan stirnrunzelnd ein.
Nicky ging vor uns her die Treppe hinunter und drehte sich lachend zu Yan um. „Deswegen.“
Unten angekommen flüsterte sie uns zu: „Sven hat ein Mars mit dem Feuerzeug etwas warm gemacht und auf den Sattel von Bennys Roller gelegt.“
Ich runzelte die Stirn. Wo war der Witz? Doch in den nächsten Sekunden verstand ich ihn, denn Sven kam aufgeregt reingelaufen und schrie: „Benny, irgendwer hat auf deinen Roller geschissen!“
Benny war sofort auf den Füßen und folgte Sven mit lauten Flüchen nach draußen. Gelächter machte sich breit und wir – also alle übrigen Gäste – gingen ebenfalls raus.
Und was wir sahen, war wirklich urkomisch. Ich musste so lachen, dass ich mich kaum auf den Beinen halten konnte.
Benny stand neben seinem Roller, das Gesicht voller Abscheu verzerrt und mit einem mickrigen Stöckchen versuchte er den Marsriegel von seinem Sattel zu schieben.
„Solche Schweine!“, fluchte er dabei. „Wenn ich den erwische!“
„Ich bepiss mich vor Lachen“, keuchte Nicky neben mir.
Tränen liefen über mein Gesicht; ich konnte mich gar nicht mehr einkriegen. Und den anderen erging es ähnlich.
Sven sah zu mir herüber. Unsere Blicke trafen sich – er war wirklich ein Freund. Wir verstanden uns ohne Worte.
Benny blamierte sich unsäglich – und ich gönnte es ihm von ganzem Herzen.

Noch auf dem Rückweg (Yan und ich waren zu Fuß unterwegs) lachten wir wie die Wahnsinnigen über Bennys Auftritt. Es war wirklich zum Schreien komisch gewesen.
Ich hatte den Arm um Yan geschlungen und immer, wenn wir uns ansahen, bekamen wir wieder einen Lachanfall.
Und auf einmal fing Yan an zu flennen. Ich war überrascht und erschrocken von seinem plötzlichen Stimmungswechsel.
„Ich kann nicht mehr. Halt mich fest“, flüsterte er.
Ich schlang die Arme ganz fest um ihn und presste ihn an mich. Es verwirrte mich, dass er auf einmal weinte. Aber für ihn brach

ja auch gerade seine ganze bisherige Welt zusammen! Ich konnte mir gar nicht vorstellen, wie er sich fühlte. Er musste ganz neu anfangen. Er verließ seine Familie! Auch wenn sie ihm so übel mitgespielt hatten – trotzdem waren es ja seine Eltern.
Ich hielt ihn einfach eine Weile, bis er sich wieder gefangen hatte.
„Entschuldige, ich bin total durch den Wind", sagte er und putzte sich die Nase.
Ich nickte einfach nur.

In dieser Nacht lagen wir zusammen in meinem Bett und ich überschüttete ihn mit süßen, kleinen Küssen.
Eigentlich sollte Yan nicht in meinem Zimmer – und schon gar nicht in meinem Bett – schlafen. Er hatte ein eigenes Zimmer am Ende des Flurs bekommen (schon wegen des Jugendamts!). Meine Eltern waren zwar nicht prüde, aber *das* war ihnen dann doch ein bisschen schnell. Und ich denke, es hatte auch nichts damit zu tun, dass Yan ein Junge war.
Heute Nacht wollte ich ihn jedenfalls bei mir haben. Er brauchte das – ich wollte nicht, dass er allein in seinem Bett lag und heulte.
„Morgen, der Tag gehört uns", sagte Yan leise.
„Das ganze Leben gehört uns."
Er lächelte traurig, aber er widersprach nicht.
Und ich brachte ihn ganz schnell auf andere Gedanken – was mir nicht besonders schwer fiel.

XX

I want the style of a woman and the kiss of a man

Was mir letzte Nacht einen wunderbar „enthemmten" Höhepunkt beschert hatte, brachte mir am Sonntagmorgen einen heftigen Kater.
Ich wachte in Yans Armen auf – mit bohrenden Kopfschmerzen.
Yan war schon wach und beobachtete mich. Er sah umwerfend

aus mit seinen zerstrubbelten Haaren.
Ich zwang mich zu einem Lächeln.
„Na, leidest du?“ ,fragte er.
„Mmh, scheiß Alk ...“
Yan lachte leise. „Du bist süß.“
Ich quälte mich aus dem Bett. „Ich muss erst mal was trinken und ’ne Spalt liqua nehmen ...“
Ich wollte schon gerade die Tür öffnen, da rief Yan: „Hey, du bist nackt!“
Ich sah an mir herunter. Ups, das hatte ich ganz vergessen. Ich spürte Yans Blick auf mir ruhen.
„Gefällt dir, was du siehst?“, fragte ich anzüglich.
Er grinste breit. „Und wie ...“
Ich zog mir eine Shorts und ein T-Shirt über. „Komme gleich wieder.“
„Das will ich hoffen.“
In der Küche saßen meine Eltern und Malte bereits beim Frühstück. Ziggy begrüßte mich schwanzwedelnd und schleckte meine nackten Beine ab, was ich ziemlich ekelig fand.
Mein Vater warf nur einen kurzen Blick auf mich. Dann sagte er zu meiner Mutter: „Unser Sohn hat wohl mal wieder einen über’n Durst getrunken.“
Malte verkniff sich ein Lachen und versteckte sich hinter seiner Kaffeetasse.
Ich ging zum Kühlschrank und holte eine Wasserflasche heraus.
„Nachdurst, was?“, bemerkte er gehässig.
Ich zog eine Grimasse.
„Elfen vertragen auch keinen Alkohol“, witzelte er weiter.
Mein Vater zog die Augenbrauen hoch. „Eine Elfe auf Stelzen.“
Malte lachte.
„Ist Yan auch so käsig wie du?“, fragte meine Mutter.
„Nein, dem geht’s gut“, erwiderte ich.
„Na wenigstens ein Vernünftiger ...“
Ich sah zu, dass ich aus der Küche kam, bevor sie mir noch eine Moralpredigt hielten. Aus dem Badezimmer nahm ich zwei Kopfschmerztabletten mit. Derart bewaffnet kehrte ich in mein Zimmer zurück, wo Yan schon auf mich wartete.
Ich schluckte die die Tabletten und trank die halbe Flasche leer.

„Zieh dich wieder aus“, sagte Yan leise.
Ich sah ihn lange an, zog mich dann aber aus, so dass ich nackt vor ihm stand.
„Los, komm’ wieder ins Bett. Ich massiere dich!“
Ich schlüpfte zu ihm unter die Bettdecke und wärmte mich an seinem heißen, nackten Körper. Das fühlte sich großartig an! Viel besser als ich mir jemals vorgestellt hatte.
„Dreh dich auf den Bauch.“
Ich tat, was er verlangte, und er begann, meinen Rücken zu massieren.
„Mmh, schön“, knurrte ich wohlig, als er mit seinen schlanken Händen meine Schultern bearbeitete.
Langsam aber sicher wanderten seine Finger nach unten bis zu meinem Po. Ich hielt den Atem an, als er sie vorwitzig auf Erkundungstour schickte.
„Du hattest noch keinen richtigen Sex, oder?“, fragte er und legte sich wieder neben mich.
„Nein. Und du?“
Er schüttelte den Kopf. „Muss man ja nicht überstürzen“, sagte er lächelnd.
Das wollten wir beide nicht. Es gab so viele andere schöne Dinge, die wir miteinander tun konnten. Irgendwann würde sicher der richtige Zeitpunkt für Yan und mich kommen. Bestimmt schon bald, dachte ich grinsend.
„Hast du Angst davor?“, fragte er weiter.
„Nein, ich glaube nicht. Wenn man ... ähm ... ganz vorsichtig zur Sache geht, ist es bestimmt sehr schön.“
Yan lächelte mich an. „Ich wäre ganz, ganz, ganz vorsichtig bei dir“, versicherte er.
Ich kuschelte mich an ihn. „Hast du schon mal gesehen, wie zwei Typen es machen?“
„Du meinst im Internet oder Filme?“
„Ja. – Ich hab neulich was im Internet gesehen. Hat Malte gefunden. So ... ich meine, das waren Videosequenzen, wo man ALLES sehen konnte ...“
„Das ist ja stark! – Ich hab’s bisher nur auf Bildern ... Jens, der hatte so Zeitschriften ...“
Wir vertieften das Thema noch ein bisschen, was dazu führte,

dass wir beide ganz geil wurden. (Meine Eltern wussten schon, warum wir uns kein Zimmer teilen sollten!)

Als ich später ins Bad ging, traf ich auf Malte. Der grinste mich an und musterte mich von oben bis unten.
„Gut, dass wir ’ne eigene Etage haben“, sagte er schließlich spöttisch.
„Warum meinst du das?“, fragte ich nichts ahnend.
Er lachte. „Weil du eben so gestöhnt hast, dass man meinen konnte, du krepierst.“
Ich lief knallrot an.
„Ma und Dad hätten sicher sofort das Zimmer gestürmt, um zu sehen, ob es dir gut geht ...“
Verlegen wischte ich mir die Haare aus dem Gesicht. „Mir geht es *sehr* gut“, sagte ich leise.
„Oh, daran hab ich nicht einen Moment gezweifelt.“
Er sah zu, wie ich mich auszog und in die Dusche stieg. Mein Körper glühte noch von meinem Zusammensein mit Yan.
„Schlaft ihr eigentlich richtig miteinander?“
„Nein“, sagte ich etwas verlegen und genoss die heiße Dusche. „Wir müssen auch noch ... ähm, Sachen kaufen.“
„Sachen? Was denn für Sachen?“, wollte Malte wissen.
Ich sah ihn an und legte den Kopf schief. „Jetzt stellst du dich absichtlich dumm, was?“
Lächelnd schüttelte er den Kopf.
„Na, Gummis zum Beispiel und ... *Lube* ...“
„Lube?“
„Na, ein Gleitgel oder so etwas ... Gib mir mal das Handtuch.“
Er reichte mir ein großes Badehandtuch, und ich stieg aus der Dusche.
„Gleitgel ...“, wiederholte mein Bruder grinsend.
Ich trocknete mich ab. „Ohne ist wohl schlecht, häh?“
„Ich kann’s mir weder mit noch ohne vorstellen.“
„Tja ...“ Ich sah in den Spiegel, meine Haare standen wild in alle Richtungen zu Berge. Das Dunkelrot war schon fast wieder rausgewachsen – ich musste sie unbedingt mal wieder nachfärben.
„Du ... Yan hat Ende nächster Woche Geburtstag.“

„Ja?“ Malte betrachtete mein Gesicht im Spiegel.
Ich nickte. „Und ich möchte ihm gern eine Karte für den suede Gig schenken.“
Er verdrehte die Augen. „Wie willst du die Schulden eigentlich abstottern? Ich hoffe nicht, dass du dafür wieder auf den Strich gehst!“
Ich keuchte erschrocken auf. „Nein, auf keinen Fall! Aber, weißt du, Yan findet suede auch klasse ... und es wäre wirklich schön, wenn wir alle zusammen hinfahren könnten ...“
Malte nickte Gottergeben. „Schon klar, ich bestelle noch eine Karte. Aber wehe, ich krieg die Kohle nicht dafür!“
Ich strahlte ihn an. „Danke.“

XXI

so we drown

Noch im Halbschlaf streckte ich den Arm aus, um Yan zu berühren. Aber – er war nicht mehr da! Unwillig öffnete ich die Augen, da fiel mein Blick auf die roten Zahlen meines Radioweckers.
Mist! Heute war ja Montag. Schule.
Yan war offensichtlich schon aufgestanden. Ich seufzte. Manchmal kam mir alles wie ein Traum vor. Und ich brauchte immer ein paar Minuten, bis ich realisierte, dass das hier kein Traum war. Ich war tatsächlich mit Yan zusammen!
Und vielleicht konnten wir uns eines Tages auch wie ein ganz normales Paar in der Öffentlichkeit verhalten, fügte ich ein wenig verbittert in Gedanken hinzu.
Es war nicht leicht, so zu tun, als liefe zwischen uns nichts. Ich war kein Schauspieler. Es tat mir wirklich weh, und ich hatte manchmal das Gefühl, dass mich die zärtlichen Momente, die wir miteinander hatten, irgendwann nicht mehr entschädigen konnten. Es war ein ständiges Auf und Ab. Das konnte doch nicht gut sein ... Warum war das alles so kompliziert?
Ich quälte mich aus dem Bett und zog mich langsam an. Wenn

ich in dem Tempo weitermachte, konnte ich das Frühstück vergessen. Aber ich hatte morgens eh keinen richtigen Hunger.
Malte, Yan und meine Mutter saßen bereits am Tisch. Richtig, meine Mutter musste heute wieder zur Arbeit – das hatte ich ganz vergessen.
„Guten Morgen“, brummte ich.
„Morgen, Robbie ... sag mal, kannst du nicht etwas früher aufstehen?“, begrüßte mich meine Mutter. „Jetzt kannst du nicht richtig frühstücken.“
„Dafür müsste man wohl abends etwas früher einschlafen“, spottete Malte und an seinem anzüglichen Grinsen sah man, dass er noch mehr dazu sagen wollte.
Meine Mutter hob abwehrend die Hände. „Davon will ich nichts wissen!“
Mein Bruder kramte in seiner Tasche. „Hier, hatte ich ganz vergessen. Da hat wohl jemand Interesse an dir ...“ Er gab mir einen Zettel.
IST DEIN MÄDCHENHAFTER BRUDER VIELLEICHT SCHWUL? ER IST SEHR SÜSS! – stand darauf.
Ich wurde rot. „Von wem ist das?“
„Von Carsten“, sagte Malte. „Er geht in meine Jahrgangsstufe. Eigentlich hab ich kaum was mit ihm zu tun.“
„Und – der ist schwul?“, fragte ich leise.
Malte nickte und goss sich noch einen Kaffee ein.
Mum sah ihn strafend an. „Der wievielte ist das jetzt?“
Malte grinste. „Ein Laster muss man doch haben ...“
„Na, ob’s bei dir bei einem bleibt ...“, murmelte sie.
„Und der hat sich so richtig *geoutet*?“, fragte ich weiter. Ich spürte, wie Yan – der neben mir saß – sich anspannte. Das Thema war im Moment ein rotes Tuch für ihn.
„Weiß ich gar nicht mehr genau“, sagte Malte. „Jedenfalls wissen das alle ... irgendwie ... Und das ist auch normal so.“
„Ich kenn den – glaub ich – gar nicht.“
Jetzt grinste er wieder. „Doch, ich denke schon ... wenn du ihn siehst. Aber er ist wirklich ziemlich zurückhaltend. – Hm, willst du ihn vielleicht kennenlernen?“
Yan warf mir einen scharfen Blick zu. Er war wohl allein bei der Vorstellung, ich könne jemand anderes kennenlernen (der noch

dazu ein Auge auf mich geworfen hat), eifersüchtig. Puh, das musste er sich auch noch abgewöhnen!
„Ja, vielleicht." Ich ignorierte Yans Blicke absichtlich. Es konnte sicher nicht schaden, mit Leuten zu sprechen, denen es ähnlich erging wie mir.
„Was sollte das bringen?", fragte Yan betont ruhig.
„Austausch", antwortete ich schlicht.
Auf dem Weg zur Schule zischte er mir dann zu: „Fragt sich, was ihr austauschen wollt ..."
Ich blieb stehen und sah ihn an. „Ich bin in *dich* verknallt, du Blödmann. Noch gar nicht bemerkt?"
Ein Lächeln huschte über sein Gesicht. „Doch ... sorry, ich hab wohl etwas ... ähm, überreagiert."

Was soll ich sonst berichten? In der Schule war alles wie gehabt – mit Ausnahme des Gelächters, das immer aufbrandete, wenn Benny irgendwo auftauchte. Das war natürlich ein wirkliches Highlight im grauen Schulalltag.
„Hey Benny, welches Schwein hat denn auf deinen Roller geschissen?", brüllten sie ihm hinterher.
Ich lachte mit. Benny tat mir kein bisschen leid – auch wenn er mit hochrotem Kopf durch die Schule lief. Aber das würde eh nicht lange anhalten. Er war bei den meisten zu beliebt.
Und dafür, dass er andere immer so fertig machte, konnte er jetzt ruhig selbst ein bisschen leiden. Dann spürte er mal am eigenen Leib, wie das war.
Die Hellmann kam im Deutschunterricht mit einer Überraschung an: Morgen würden wir in die Eissporthalle fahren! Sie hatte das kurzfristig arrangiert, weil einige Lehrer auf einer Fortbildung waren und sie keine Vertretung organisieren konnten.
Yan bekam von mir heute den heimlichen Spitznamen „Eisblock". Denn genau so verhielt er sich mir gegenüber: eiskalt und unbewegt. Hätte ich ein Bild von uns beiden zeichnen sollen, hätte ich mich als Titanic gemalt.
War Yan mein Untergang?
Ich gebe zu, dass dieser Gedanke ein bisschen übertrieben war. Aber nur ein kleines bisschen ...

„Hey, von Heydt ..."
Ich drehte mich um und sah in Svens grüne Augen. Wir hatten seit der Party nicht mehr richtig miteinander gesprochen. Ich grinste.
„Das war ja wohl ein Heidenspaß mit Benny", sagte ich. „Hat er verdient."
Sven lachte. „Ja, aber pass noch auf ... bei denen weißt du nie, wie du dran bist. Im Moment lassen sie dich vielleicht in Ruhe, aber das kann sich jederzeit wieder ändern."
Ich nickte.
„Was ist denn mit Yan und dir?"
Erschrocken sah ich mich um. Aber es hatte niemand mitgehört. Ich zog Sven hinter mir her in den Flur. In den Pausen war es eigentlich untersagt, sich auf den Fluren aufzuhalten – aber hier konnten wir wenigstens ungestört reden. Es kam nur äußerst selten ein Lehrer vorbei.
„Titanic", sagte ich düster.
Das verstand Sven natürlich nicht. Er zog die Augenbrauen nach oben.
„Er kann das noch nicht", erklärte ich mürrisch. „So in der Öffentlichkeit ... du verstehst schon, oder?"
Sven nickte. „Aber ihr seid doch zusammen?" Er lehnte sich an eine der steinernen Fensterbänke.
„Ja ..."
„Hey, Kopf hoch! Das wird schon", munterte er mich auf. „Lass ihm Zeit. Er ist auch total verknallt in dich ... das weiß ich."
Ich sah ihn an, musterte ihn von Kopf bis Fuß. Seine schwarzgefärbten Haare, sein bleiches Gesicht, seine Gothic-Klamotten, das fette Pentagramm, das an einer langen Kette um seinen Hals hing und jetzt ruhig auf seiner Brust ruhte.
Dann trat ich auf ihn zu, lehnte mich gegen ihn und gab ihm einen langen Kuss. Ich dachte gar nicht darüber nach. Er war so perplex, dass er zunächst nicht darauf reagierte. Als ich mich wieder von ihm löste, grinste er.
„Mann, du gehst aber zur Sache."
Ich wurde rot. „War doch ... ähm, abgesprochen ... sozusagen."
Er nickte und strich mir mit einer raschen Bewegung die Haare aus dem Gesicht. „Wenn Yan das gesehen hätte ... puh, dann

hätte ich jetzt ein Problem! Dann müssten wir uns duellieren!"
Erst jetzt wurde mir bewusst, dass das voll ins Auge hätte gehen können! Wenn uns irgendwer überrascht hätte ...
Aber Sven lächelte mich an. „Lass uns mal zu den anderen zurückgehen."
Ein bisschen verunsichert trottete ich neben ihm her. „Bist du jetzt sauer?"
Er knuffte mich in die Seite. „Nein, das war schön ..."

XXII

I feel real like a man, like a woman, like a man

Mit Yan in einem Bus zu sitzen, aber nicht neben ihm, nicht mal in seiner Nähe sein zu dürfen, machte mich ganz krank. Janine, die neben mir saß, berührte mich leicht am Oberschenkel.
„Robbie, jetzt hör mal auf so herumzuzappeln!"
„Ich kann nicht anders", zischte ich.
Sie sah mich mitfühlend an. „Ich kann ja verstehen, dass du hibbelig bist."
Konnte sie das wirklich? Ich hatte eher das Gefühl, dass sie ein klein wenig eifersüchtig war. Aber darum konnte ich mich nicht auch noch kümmern. – Ich hatte diese Geheimnistuerei jedenfalls jetzt schon satt. Es kostete mich Nerven und Selbstbeherrschung, Yan nicht vor den anderen zu berühren. Und auch wenn er sich jetzt von Benny und seiner Clique distanziert hatte, drehte sich mir jedes Mal der Magen um, wenn er sich mit den Typen unterhielt.
Ich wollte in seiner Nähe sein und musste mich von ihm fernhalten. Es war schrecklich! Und auch die Tatsache, dass wir bei uns zu Hause jede freie Minute zusammen verbrachten (wenn auch nicht im Bett – darauf achtete meine Mutter – leider!), konnte das eigentlich nicht ausgleichen.
Warum konnte ich nicht einfach so mit ihm zusammen sein, wie zum Beispiel Malte und Nicky? Ich fand das ungerecht und ich war nicht bereit, mich ständig zu verstecken.
Missgelaunt stieg ich mit den anderen aus dem Bus und trottete

zum Eingang der Eissporthalle. Es dauerte, bis sich alle Schlittschuhe organisiert hatten. Ich hatte meine eigenen Eishockey-Schlittschuhe mitgenommen, deswegen saß ich schon fertig auf einer der Bänke in der Halle, zusammen mit Sven (der sich mir gegenüber genauso verhielt wie sonst), Nicky und Philipp, als die anderen so langsam eintrudelten. Ich hielt Ausschau nach Yan, bemerkte aber sofort, dass er absichtlich nicht zu mir herüber sah. Toll! – Das ganze Versteckspiel frustrierte mich unsäglich.
Die Eisfläche war gerade neu gemacht und superglatt. In der Mitte der riesigen Halle stand ein Podest mit einer großen Musikanlage. Zwei DJs dröhnten uns mit irgendwelcher Mainstream-Musik zu. Ich fuhr einige Runden, um mich warmzulaufen und um meinen Frust abzubauen. Eigentlich war mir schon wieder zum Heulen zumute.
Da es relativ voll war, musste ich ständig irgendwelchen Leuten ausweichen!
Ich war so in Gedanken versunken, dass ich nicht bemerkte, wie Benny und Kevin auf einmal neben mir fuhren.
„Hey, du Schwuchtel!" Kevin gab mir einen Ellbogencheck, so dass ich stolperte und mich gerade noch bis zum Rand retten konnte. Arschlöcher! Ich kochte vor Wut. Sven hatte also recht gehabt.
Als sie die nächste Runde an mir vorbeikamen, hängte ich mich hinter sie – ohne dass sie es bemerkten. Ich fuhr ganz dicht an Benny heran und stellte ihm ein Bein. Er flog der Länge nach hin und schlitterte einige Meter weit über das Eis.
Das sah urkomisch aus, aber ich sah zu, dass ich wegkam. Ich war ziemlich fix, doch irgendwann wurde mir klar, dass ich den beiden gar nicht entkommen konnte!
Ich sah mich um – natürlich war Kevin mir bereits auf den Fersen – und geriet ins Stolpern. Ich wäre richtig auf die Schnauze gefallen, wenn mich nicht eine Hand am Arm gepackt hätte, um mich wieder hochzureißen.
Es war Yan.
Wir drehten uns zusammen, doch er war so sicher auf dem Eis, dass er mich halten konnte. Sekundenlang sahen wir uns in die Augen, dann schlang er die Arme um mich und wir küssten uns.

Mitten in der Eishalle! Vor den Augen unserer ganzen Klasse!
Mir wurde ganz schwindelig und ich vergaß für den Augenblick, wo wir uns befanden. Es war einfach nur unbeschreiblich schön.
Benny und Kevin fielen sicher gerade die Augen aus dem Kopf.
Aber auch das war mir gleichgültig.
Ich hörte eine Mädchenstimme: „Guck mal, das sind zwei Jungs!“ Und dann Kichern.
Der DJ legte blurs „girls and boys“ auf. Zufall?
Yan löste sich von mir und lächelte mich an. „Das war es doch, was du wolltest, oder?“ Er zwinkerte mir zu.
Ja, genau das wollte ich.

ENDE

2 Heaven Simon Rhys Beck

Seltsame Dinge geschehen in den Genlabors von Heaven Industries. Damon Heaven, der drauf gängerische und ungemein attraktive Erbe des Firmenimperiums und sein melancholischer und blinder Zwillingsbruder Crispin müssen den geheimnisvollen Vorgängen auf den Grund gehen. Denn die Zeit wird knapp, und ihre Feinde lauern überall.
Was führen der unsymphatische Dr. Glasten und sein Kollege Dr. Larkin im Schilde? Welche Rolle spielt Charlotte, die sich in Crispin verliebt und dann mit Damon im Bett landet? Oder Justin, Damons halbwüchsiger Pflegesohn, den er auf dem Strich aufgelesen hat und der ihn heiß und innig liebt?
Für wen empfindet Crispin wirklich etwas? Und wer schickt Damon die verschlüsselten Warnungen?
Ein flott geschriebener Roman, voller Überraschungen und sexueller Wirrungen.

224 Seiten DIN A5, brosch.
EUR 13,50
ISBN 3-934825-27-3

Verlagsprogramm und Shop:

www.himmelstuermer-verlag.de